Der Dicke
Freunde in Not

DER DICKE

Ronja Willmes

Freunde in Not

vgs EGMONT

Bibliografische Information der Deutschen Bibliothek
Die Deutsche Bibliothek verzeichnet diese Publikation in der Deutschen Nationalbibliografie; detaillierte bibliografische Daten sind im Internet über http://dnb.ddb.de abrufbar.

Das Buch »Freunde in Not« entstand nach der Fernsehserie »Der Dicke«, produziert von Studio Hamburg Produktion im Auftrag der ARD.

1. Auflage 2005

Lektorat: Beate Sauer
Produktion: Sandra Pennewitz
Umschlaggestaltung: Sens, Köln
Titelfoto: © ARD / Marion von der Mehden
Satz: Greiner & Reichel, Köln
Druck: GGP Media GmbH, Pößneck
Printed in Germany
ISBN 3-8025-3457-3

Die Nummer 1

»Der Slogan des Klägers lautet: *Unsere Burger sind die besten!* Nur … das stimmt nicht.« Dr. Gregor Ehrenberg machte eine bedeutungsvolle Pause. Sein Blick wanderte von der Klägerbank zu Richter Dr. Ruiss, dessen Stirn eine senkrechte Falte zierte. Gespannt schien er darauf zu warten, dass der Rechtsanwalt seine überaus deutliche Meinung endlich begründete.

»Die Burger des Klägers sind Schrott«, erklärte Ehrenberg ebenso deutlich wie präzise. »Und sie schmecken nach Schrott.« Er legte Dr. Ruiss einen von zwei Zetteln vor, die er in der Hand hielt. Es war der Werbeprospekt mit dem eben zitierten Slogan. »Der Werbeslogan meines Mandanten lautet«, er blickte kurz auf den anderen Zettel in seiner Hand, »*meine Burger sind besser!* Und ich kann Ihnen versichern: Das stimmt.«

Der zweite Zettel landete nun ebenfalls auf dem Richtertisch. Vergleichend hielt Dr. Ruiss die Werbeprospekte nebeneinander.

Die Schriftzüge auf beiden waren schräg und dynamisch gestaltet und auch die Abbildungen darunter ähnelten sich wie ein Burger dem anderen. Zweifelnd wiegte der Richter seinen Kopf. »Ihr Mandant benutzt das Markensymbol und den Slogan der Konkurrenz. Und darum geht es hier«, gab er, Ehrenbergs energischem Plädoyer zum Trotz, zu bedenken.

»Aber es geht doch vor Gericht auch um die Wahrheit, Euer Ehren, oder?«, konterte Ehrenberg und schob seinen

Bauch vor, der sich unter seiner schwarzen Anwaltsrobe wie ein Markenzeichen hervorwölbte. »Ich erwarte noch einen Zeugen. Ich bitte um etwas Geduld.« Er schaute auf seine Armbanduhr, wandte sich von den Zuschauern im Gerichtssaal ab und ging zur Tür. Hoffentlich ist der Lieferservice pünktlich!, dachte er.

Während Ehrenberg an der Tür des Gerichtssaales wartete und dabei immer wieder auf seine Armbanduhr schaute, tauschten seine Verhandlungsgegner – Anwalt Dr. Martin Brüggmann und dessen Mandant – amüsierte Blicke aus.

Auf ihren Mienen zeichnete sich jedoch irritiertes Erstaunen ab, als wenig später ein sportlicher junger Mann in der Tür erschien, der Ehrenberg zwei Hamburgerpackungen in die Hand drückte.

»Danke. Wie lange haben Sie gebraucht?«, wollte der Anwalt von seinem Lieferanten wissen.

»Drei Minuten«, schätzte dieser.

»Wunderbar.« Während Ehrenberg die beiden viereckigen Verpackungen in die Höhe hielt, folgten ihm die verdutzten Augen der Zuschauer. »Das hier sind die Burger der streitenden Parteien. Keiner ist älter als, sagen wir …, fünf Minuten.«

Der Lieferant nickte bestätigend.

»Das ist ja lächerlich«, schaltete sich Brüggmann verärgert in das Gespräch ein. »Was soll denn das beweisen?«

Ehrenberg ignorierte den Einwand und fuhr ungerührt fort: »Die Burger befinden sich in neutralen Packungen. Sie können sie also objektiv beurteilen.« Er legte eine der beiden Packungen vor Brüggmann auf den Tisch.

Der Anwalt der Gegenseite betrachtete das Fast Food angewidert, bevor er erneut protestierte: »Ich verwahre mich gegen diese Art des Vorgehens.«

»Sie können sich auch noch länger verwahren«, entgegnete Ehrenberg. »Dann ist Ihr Burger zumindest matsche.«

Beleidigt verschränkte Brüggmann die Arme vor der Brust.

»Es ist zwar etwas unorthodox, aber dann lassen wir das heute eben mit dem Mittagessen«, ließ sich Richter Ruiss vernehmen. Hastig verließ er seinen Platz und eilte in wehender schwarzer Robe durch den Saal und auf das Fast Food zu. Er nahm den ersten, ihm dargebotenen Hamburger in die Hand und betrachtete ihn fachmännisch, während er ihn aus dem Handgelenk hin und her schüttelte. Labberige Brötchenhälften bedeckten eine zu kurz gebratene Frikadelle. »Kein Wunder, dass Ihr Mandant mit dem Markenzeichen seiner Konkurrenz werben muss, wenn er so was verkauft.« Auf der Stirn des Richters wurde eine kritische Falte sichtbar.

»Ich fürchte, das Produkt, das Sie da in der Hand halten, stammt aus einer der Filialen *meines* Mandanten«, meldete sich Brüggmann kleinlaut zu Wort und errötete verlegen.

»Aha!« Dr. Ruiss wandte sich der anderen Hamburger-Verpackung zu. Nachdem er sie geöffnet hatte, betastete er den Burger und begutachtete ihn eingehend. Schließlich befand er: »Das ist ein Hamburger!« Und unter den perplexen Blicken der Anwesenden, vor allem der Klägerpartei, biss er herzhaft in das saftige Brötchen. »Lecker …«, verkündete er nach dem ersten Bissen zufrieden.

Kauend kehrte Dr. Ruiss zum Richtertisch zurück und holte den Prospekt der klagenden Firma. Er hielt den welken Burger neben die wesentlich mehr versprechende Abbildung auf dem Werbezettel, um noch einmal verständnislos und mit vollem Mund nachzufragen: »Das is' das Original?«

Anwalt Brüggmann blieb nichts anderes übrig, als dem Sachverhalt peinlich berührt zuzustimmen.

»Für Ihre Klage sehe ich schwarz«, bemerkte der Richter. »Aber wenn ich Ihnen …«, er drehte sich zu Ehrenbergs Mandanten um, »… einen Rat geben darf: Lassen Sie das Spiel mit der Marke des Klägers. Das haben Sie gar nicht nötig.«

Ehrenberg, der inzwischen wieder neben seinem Mandanten Platz genommen hatte, bemerkte im Zuschauerraum eine ältere Dame, die fröhlich in die Hände klatschte. Dem Rechtsanwalt war sie schon mehrmals im Gerichtssaal aufgefallen und er hatte erfahren, dass sie »Wichert« mit Nachnamen hieß. Immer wieder wohnte sie seinen Prozessen mit großem Interesse bei.

Die kleine Live-Musik-Einlage, die ihn wenig später in seiner Anwaltskanzlei erwartete, stimmte Ehrenberg laut und melodiös, mit E-Gitarre und Verstärker, auf den nächsten Fall ein. Die Kapelle, die das Begrüßungslied spielte, bestand aus Jan Blaate, Musiker in einer Rockband, einem Bandkollegen von ihm, sowie Gudrun, Ehrenbergs Putzfrau – oder Reinigungsfachkraft, wie sie lieber genannt wurde –, und Yasmin, seiner Assistentin. Die beiden fungierten als Sängerinnen. Bei dem Lied handelte es sich um ein Musikstück, das zurzeit im Radio rauf und runter gespielt wurde: den neuen Hit *Lass los* von Oliver Clausen oder *OC*, wie er sich Englisch ausgesprochen auch nannte.

»Dass sich in den Kanzleiräumen ursprünglich mal ein Weinlokal befunden hat, weiß ich ja, aber dass nun eine Konzerthalle daraus werden soll, ist mir neu«, brummte Ehrenberg mürrisch.

»Was für einen Song haben wir eben gespielt?«, wollte Jan Blaate wissen, nachdem er und seine Band die Musikeinlage beendet hatten.

»*Lass los* … Das weiß ja sogar ich«, gab Ehrenberg kurz angebunden zurück.

»Falsch! Der Titel heißt *For Lizzy* und komponiert wurde er 1956 von Jimmy Benson«, belehrte Jan Blaate Gudrun und Yasmin sowie den verdrießlich dreinschauenden Rechtsanwalt eines Besseren.

»Mein Vater ist vor einem halben Jahr an einem Herzinfarkt gestorben. Danach habe ich seinen Musikverlag übernommen«, führte der junge Mann kurze Zeit später weiter aus. Er und Ehrenberg waren mittlerweile in den rückwärtigen Teil der Kanzlei gegangen, der über eine kleine Treppe zu erreichen war, und saßen sich am Schreibtisch des Anwalts gegenüber. Beim Stöbern im Verlagsbestand hatte Jan per Zufall den alten Song *For Lizzy* gefunden, der mit dem angeblich neuen Titel von *OC* jede Note gemeinsam hatte. »Es gibt eine einzige Radioaufnahme von einem Live-Konzert – es hat 1958 stattgefunden –, bei dem Jimmy Benson diesen Titel spielt. Danach ist er nie wieder irgendwo aufgetreten«, erklärte Jan.

»Diese Aufnahme ist demnach der einzige Beweis dafür, dass der Song tatsächlich schon einige Jahrzehnte auf dem Buckel hat«, sinnierte Ehrenberg. Es galt, den Produzenten wegen des Plagiatsvorwurfs zu informieren und ihn um ein Angebot zu bitten. Sicherlich würde auch er an einer einvernehmlichen Lösung interessiert sein, da andernfalls eine einstweilige Verfügung erwirkt werden konnte.

Während Ehrenberg mit dem jungen Musiker sprach, trafen ihn aus dem Hintergrund die vorwurfsvollen Blicke seiner Assistentin und seiner Putzfrau. Sobald Jan Blaate sich verabschiedet hatte, blitzten Yasmin und Gudrun den Anwalt empört an. In diesem Fall waren sie ausnahmsweise einmal für die Gegenseite: *OC* hatte sich seine Karriere schwer erarbeitet und erst dann eine wirkliche Chance im Musikbusiness bekommen, als er bei einer Castingshow gewonnen hatte. »Dann haben sie ihm erst mal 'ne Menge Weichspülersongs verpasst«, setzte Gudrun Ehrenberg auseinander, während Yasmin neben ihr mit zusammengepressten Lippen nickte. »Aber OC hat gesagt, wenn er da nicht mitreden darf, dann schmeißt er seinen Vertrag hin. Und jetzt schreibt er seine Titel selbst.«

»Offensichtlich nicht«, widersprach Ehrenberg gelassen.

»Doch«, behauptete Gudrun, als es auf einmal an der Eingangstür klingelte, »er hat diesen …«

»Es hat geklingelt«, unterbrach Ehrenberg gleichmütig. Ein Tonfall, der für ihn typisch war.

»Aber …«

»Aufmachen!«

Gehorsam, aber nicht ohne ihm noch einen strafenden Blick zuzuwerfen, lief Yasmin zur Tür.

Lisa Schubert, Ehrenbergs Nachbarin, stand draußen. »Habt ihr einen Verbandskasten?«, rief sie atemlos.

»Ist was mit Charly?«, erkundigte sich Ehrenberg erschrocken. Hastig stand er von seinem Schreibtisch auf.

»Nein, es geht um eine Kollegin«, klärte Lisa Ehrenberg und seine Mitarbeiterinnen rasch auf. »Ihr Mann hat sie verprügelt. Sieht ziemlich schlimm aus.«

»Ich komme mit«, sagte Yasmin, die inzwischen mit dem Verbandskasten zur Tür zurückgekehrt war.

»Kommen Sie auch mit?«

Ehrenberg nickte und folgte Lisa und Yasmin ins Treppenhaus und die Stufen hinauf zur Wohnung seiner Nachbarin.

Lisas Kollegin Petra war in der Tat übel zugerichtet: Ein Auge begann langsam, aber sicher, blau anzulaufen, und ihre Unterlippe war blutig und geschwollen. Bernhard, ihr Ehemann, hatte sie während ihrer Arbeit im Baumarkt heimlich beobachtet und dabei ›erwischt‹ – so hatte er es formuliert –, wie sie sich mit einem Kollegen unterhielt. Rasend vor Eifersucht hatte Bernhard seine Frau anschließend verprügelt. »Ich weiß nicht, wo ich jetzt hin soll«, sagte Petra mit tränenerstickter Stimme. Nervös zog sie an ihrer Zigarette. Lisa legte der Freundin tröstend den Arm um die Schulter.

»Du bleibst erst mal bei mir«, sagte sie. Währenddessen verarztete Yasmin Petras blasses, verletztes Gesicht.

Nachdenklich hörte Ehrenberg den drei Frauen zu, bevor

er selbst Lisas Kollegin einen juristischen Rat erteilte. »Sie können Ihren Mann jederzeit aus der gemeinsamen Wohnung entfernen, wenn er Sie bedroht.«

»Dann lauert er mir bei der Arbeit auf. Was soll ich denn machen? Kündigen?«, entgegnete Petra verbittert.

»Als Erstes müssen Sie ins Krankenhaus, damit die Verletzungen dokumentiert werden«, führte Ehrenberg weiter aus. »Und dann sollten Sie zur Polizei gehen und Anzeige erstatten. Wenn Sie möchten, werde ich Sie begleiten.«

Nach einigen Sekunden angespannten Schweigens nickte Petra. »Na gut.« Sie wischte sich die Tränen aus dem Gesicht. »Aber dann lassen Sie uns gleich gehen, bevor ich's mir wieder anders überlege.«

Harmonische Töne schwebten durch den weiträumigen Saal der Musikhochschule.

Geduldig wartete Christina Ehrenberg, bis Professor Brzynski die beiden Musikstücke jeweils einmal gespielt hatte. Die dazugehörenden Notenblätter hatte sie ihm mitgebracht.

»Was soll das sein? Eine Art Test?« Der Musikprofessor sah die blonde, elegant gekleidete Anwältin von seinem Klavier aus fragend an. Er hatte keinen Schimmer, warum sie ihn gebeten hatte, die Melodien zu spielen. »Die beiden Stücke sind sich ja ziemlich ähnlich.«

Das war allerdings nicht das, worauf Christina hinauswollte. Ihre Idee, sich hier in der Musikhochschule mit einem Experten zu treffen, hielt sie nach wie vor für viel versprechend. Nur musste sie Professor Brzynski noch begreiflich machen, welche Expertise er abgeben sollte.

Sie war wegen eines angeblich gestohlenen Songs hier. Ihr Ex-Mann Gregor, von dem sie sich vor einiger Zeit hatte scheiden lassen, vertrat bei diesem Fall die juristische Gegenseite. Aus genau diesem Grund hatte ihr Geschäftspartner Brüggmann ihr warnend nahe gelegt, sie solle aus dem Fall kein persönliches Duell machen. Für ihren Geschmack sorgte er sich ein bisschen zu sehr um ihr Privatleben. Sie hatte wirklich nicht vor, ihre geschäftliche Partnerschaft in eine Liebesbeziehung zu verwandeln. Brüggmann hatte vorgeschlagen, dass sie ihre frühere enge Bindung zu Gregor nutzen sollte, um einen akzeptablen Vergleich auszuhandeln. Denn gewinnen würden sie diesen Fall seiner Meinung nach ohnehin nicht. Die Beweislage war zu eindeutig, es sei denn ... »Ich würde mir wünschen, dass sich die beiden Musikstücke nicht so sehr ähneln würden«, wandte sich Christina nun wieder an den Professor.

»Das ist nicht mein Problem«, entgegnete Professor Brzynski unbeeindruckt.

»Das würde ich so nicht sagen.« Er konnte vielleicht virtuos Klavier spielen, aber sie konnte zaubern.

»Wie meinen Sie das?«

»Ich könnte Ihnen dabei helfen, dass die Schadensersatzforderung für Ihr abgesagtes Konzert in Berlin nicht ganz so hoch ausfällt wie erwartet«, sagte Christina gleich bleibend freundlich.

»Tatsächlich?« Die Miene des Professors wurde gleich viel interessierter.

»Ich habe hier ein Gutachten Professor Brzynskis von der Musikhochschule. Er gibt an, dass die Melodieführung und das Arrangement der fraglichen Musikstücke einander ähneln. Die beiden Stücke sind jedoch so konventionell, dass die Ähnlichkeit nicht verwunderlich ist.« Christina lächelte Gregor Ehrenberg triumphierend an.

»Wer ist Professor Brzynski?«, fragte Ehrenberg seine Ex-Frau. Sie hatten sich im Konferenzraum der Kanzlei getroffen, die er bis zu ihrer Trennung mit Christina gemeinsam geführt hatte. Christina und ihr Sozius Martin Brüggmann saßen am einen Ende des großen Konferenztisches, er und sein Mandant Jan Blaate am anderen. Hinter dem Tisch erstreckte sich eine große Glasfront, die einen wunderschönen Blick auf dem Hamburger Hafen bot.

Martin Brüggmann quittierte das rhetorische Hin und Her zwischen den beiden Ehrenbergs mit einem Seufzen.

»Professor Bryzinski ist Professor für zeitgenössische Musik«, erklärte Christina so selbstverständlich, als handelte es sich um eine Bildungslücke, wenn man dies nicht wusste.

»Aha«, bemerkte Ehrenberg spöttisch, »na ja, für den Professor klingt wahrscheinlich alles konventionell, was sich nicht anhört wie ein mittlerer Verkehrsunfall.«

Jan Blaate grinste und auch Brüggmann konnte sich zum Ärger seiner Geschäftspartnerin ein Schmunzeln nicht verkneifen.

»Habt ihr ein besseres Gutachten?«, wollte die Anwältin wissen. Es gelang ihr, ihre Stimme bissig und doch zugleich sachlich klingen zu lassen.

»Nein, aber wir haben Ohren!« Mit den Händen malte Ehrenberg rechts und links neben seinem Kopf große Halbkreise in die Luft. »Ohren, um zu hören.« Ehrenbergs Sarkasmus wich einem beinahe mitleidigen Tonfall, als er vertraulicher fortfuhr: »Christina, was soll das? Willst du dich an mir rächen?« Er sah sie offen an. »Dann solltest du dir einen besseren Fall aussuchen. Den hier hast du nämlich so gut wie verloren.« Nun würden sie vor Gericht gehen müssen – und dies konnte die Produktionsfirma viel teurer kommen als ein Vergleich.

Obwohl Christina wusste, dass er Recht hatte, ließ sie es sich nicht nehmen, das letzte Wort zu haben. »Erst mal musst du gewinnen!«, gab sie wütend zurück.

OC stand gerade mit einem Tontechniker am Mischpult und diskutierte den Einsatz eines *Yeah, Yeah* hauchenden Frauchenchors, als Ehrenberg und Yasmin das Tonstudio betraten. Yasmin war völlig aufgeregt und zugleich machte sie sich große Sorgen um *OC*. Sie fand es völlig unfair, dass eine einstweilige Verfügung, wie es in der Juristensprache hieß, über sein Lied verhängt werden würde. Diese Verfügung würde den Verkauf der CD sofort stoppen – und das alles nur, weil die Ex-Frau des Chefs so stur war!

OC trug etwas, was man als ein Muster aus dünnen Bartlinien bezeichnen konnte, im Gesicht und eine Wollmütze auf dem Kopf.

»Eigentlich ist es hier doch warm genug«, flüsterte Ehrenberg Yasmin zu und grinste. Er war dankbar, dass in diesem Moment der Sprechgesang verstummte. Seit sie das Tonstudio betreten hatten, war er ihm auf die Nerven gegangen.

»Nee, nicht auf die Eins, das ist viel zu brav«, kommentierte *OC* die musikalische Einspielung des Technikers. Da entdeckte der Sänger das ungleiche Paar, das auf ihn zukam. »Was seid ihr denn für welche?«, rief er ihnen gut gelaunt zu. »Fans? Presse? Verirrte Musiker?«

»Anwalt«, stellte Ehrenberg sich vor.

»Assistentin«, flüsterte Yasmin ehrfürchtig.

»Was habe ich gemacht? Falsch geparkt?«, scherzte *OC*, während zum wiederholten Male die Stimmen einiger unsichtbarer Damen im Hintergrund *Yeah, Yeah* säuselten. »Jetzt sei doch nicht so spießig«, zog *OC* den Tontechniker auf. »Überrasch mich doch mal mit einem ungewöhnlichen Arrangement!«

»Es geht um deinen neuesten Song *Lass los …*«, bemerkte Yasmin schüchtern.

»Meine Plattenfirma hat mich deswegen schon angerufen.« Erst jetzt hatte das Anwaltsteam Oliver Clausens volle Aufmerksamkeit. »Was für ein Quatsch, warum sollte ich irgendwas klauen?«

Es klang irgendwie ehrlich, fand zumindest Yasmin.

»Meine Rübe ist so voll mit Musik, dass ich fast platze.« Zur Veranschaulichung fuchtelte OC mit den Händen neben dem Kopf herum. »Also sagen Sie denen, dass sie mich damit in Ruhe lassen sollen, ja?«

»Ich glaube, Sie verstehen da etwas falsch«, korrigierte Ehrenberg ruhig. »Wir vertreten nämlich den, der Sie verklagt.«

OC sah ihn ungläubig an. »Was denkt ihr eigentlich, was ich den ganzen Tag hier mache? Ich sitze doch nicht in irgendeinem Keller rum und denke mir irgendwelche wilden Melodien aus.« Das Band mit den *Yeah, Yeah* singenden Damen lief erneut ab, als wollten diese seinen Worten Nachdruck verleihen. Oliver Clausen winkte Yasmin zu sich und legte ihr vertraulich den Arm um die Schultern wie einem Groupie, dem er die Welt erklären wollte. Dann deutete er auf das Mischpult. »Dieses Ding, das ist randvoll mit Material, das wird kombiniert, gemischt und variiert. Ich bin am Ende froh, wenn ich noch etwas wieder erkenne, das ich mal im Kopf hatte.«

Yasmin fand, es war an der Zeit, dass jemand *OC* den Ernst der Lage begreiflich machte. Sanft befreite sie sich aus seinem Arm und legte ihm nun ihrerseits die Hand auf die Schulter. »Dieser Fall ist leider ziemlich eindeutig«, meinte sie. »Wir hatten gehofft, das mit dir irgendwie außergerichtlich klären zu können.«

»Von mir aus supergerne«, erwiderte Oliver. »Nur habe ich in dieser Sache leider nichts zu sagen. Ich bin nicht der Produzent und kriege auch nur ein paar Cents von jeder verkauften CD.« Er seufzte. »Tut mir Leid, ich hätte dir wirklich gern geholfen.«

»Eigentlich wollte ich dir helfen«, sagte Yasmin. Ihr langer dunkler Pferdeschwanz wippte kokett, als sie sich umdrehte und zur Tür ging. »Chef, kommen Sie mit?«

Grinsend hatte Ehrenberg den Auftritt seiner Assistentin

beobachtet. Auf ihren Zuruf hin folgte er ihr aus dem Tonstudio.

Sobald sie zurück in der Kanzlei waren, wurde Yasmin von Gudrun und Charly über *OC* ausgequetscht.

»Hast du dir wenigstens ein Autogramm geben lassen?«, wollte Gudrun wissen. Sie machte eben hinter einem Regal, das keine Rückwand hatte, den Staubsauger startklar. Durch eines der Fächer war ihr neugieriges Gesicht zu sehen. Ehrenberg, der vor dem Regal an seinem Schreibtisch saß, versuchte, sie zu ignorieren und sich auf seine Arbeit zu konzentrieren.

»Nein, wir hatten andere Dinge zu tun und *OC* auch«, erklärte Yasmin.

»Du hast ihn echt gesehen? Wie ist er denn so?« Charly rückte wissbegierig an die Assistentin heran, die vor ihrem Computer saß.

Geduldig versuchte Yasmin, Charlys Fragen zu beantworten. Doch Ehrenberg gab ihr nun Arbeitsanweisungen und sie war gezwungen, Charly aus der Kanzlei zu bugsieren.

Yasmin war gerade im Begriff, die Glastür wieder hinter Charlotte zu schließen, als sie von außen erneut aufgestoßen wurde. Ein Typ Ende dreißig trat herein, der sich in der zur Kanzlei umgestalteten früheren Weinhandlung aggressiv umsah. Als Yasmin ihn verwundert fragte, ob sie ihm helfen könnte, schob er sie grob zur Seite, sodass sie rückwärts zu ihrem Schreibtisch stolperte.

Schnurstracks ging der Eindringling auf Ehrenberg zu und brüllte: »Bist du das, hä?« Schon hatte er die wenigen Stufen erklommen, die zum Arbeitsplatz des Anwalts hinaufführten.

Ehrenberg blickte dem Mann irritiert entgegen. Dieser hatte jetzt den Schreibtisch erreicht und fegte die Unterlagen, die darauf lagen, zu Boden.

»Bist du der Scheißkerl, der meine Frau gegen mich aufgehetzt hat?« Der Fremde hob die zu Fäusten geballten Hände. In Erwartung eines Hagels von Fausthieben schloss Ehrenberg die Lider. Als die Hiebe ausblieben, öffnete er die Augen wieder.

Etwas Längliches, silbrig Glänzendes hatte den Angreifer mitten in seiner Bewegung gestoppt – das Rohr von Gudruns Staubsauger.

Erstaunt drehte sich der Eindringling zu dem Regal um, aus dem das Rohr so plötzlich hervorgeschossen war. Durch eines der Fächer blickte er geradewegs in Gudruns wütendes Gesicht. Sie nutzte das Überraschungsmoment, zog das Rohr wieder zurück, holte aus und hieb es dem Angreifer mit voller Wucht ins Gesicht.

Durch die Wucht des Schlages wurde ihr Gegner zurückgeworfen. Wie ein hilfloser Käfer landete er rücklings auf Ehrenbergs Schreibtisch. Ungläubig betrachtete der Anwalt den k. o. gegangenen Mann.

Erst als Gudrun schon auf dem Schreibtisch stand, registrierte Ehrenberg, dass sie mit fliegendem Kittel Anlauf genommen hatte, um zum finalen Schlag anzusetzen: Ihre Füße, an denen sie Badelatschen trug, waren rechts und links neben dem Kopf des Schlägers platziert. Nun vollführte sie einen gekonnten Hüpfer und setzte den Angreifer mit einem gezielten Tritt schachmatt.

Gudrun sprang wieder vom Tisch hinunter und musterte ihr stöhnendes Opfer zufrieden. Ehrenberg und Yasmin starrten sie von der anderen Seite des Schreibtischs her reglos an.

»Was war denn das jetzt?«, wollte Yasmin wissen, nachdem sie endlich die Sprache wieder gefunden hatte.

»Ja, was war das?«, stammelte auch Ehrenberg. »Gudrun, haben Sie zu viele Kung-Fu-Filme gesehen oder ist Ihnen das Staubsaugen zu Kopf gestiegen?«

»Machst du so was öfter?«, stellte Yasmin gleich die nächste Frage.

»Dreimal die Woche. Zum Ausgleich. Sonst wird man blöd im Kopf von der Putzerei«, erklärte Gudrun so selbstverständlich, als sei von ihrem Lieblingsrestaurant die Rede. »Was machen wir jetzt mit dem?« Sie deutete auf ihren ›zu Tisch‹ gegangenen Kampfgegner. »Soll ich die Polizei rufen?«

Ehrenberg brauchte einen Moment, um den Themenwechsel gedanklich nachzuvollziehen. »Nein. Der hat schon ein Verfahren am Hals, eins reicht.«

»Gut, dann setze ich ihn vor die Tür.« Gudrun schulterte den Mann und trug ihn hinaus. Vor der Kanzlei stellte sie ihn auf seine wackligen Beine. So schnell es ihm möglich war, humpelte er davon.

»Also …, ich habe ja bisher gedacht, dass Gudrun einen Waffenschein für ihr Mundwerk braucht. Aber das ist ja …, oder?« Ehrenberg drehte sich fragend zu Yasmin um.

Obwohl er in unvollständigen Sätzen sprach, verstand sie, was er meinte. »Sie sagen's, Chef«, nickte sie.

Eine freundliche Melodie schwebte durch den Sitzungssaal: der neue Hit von Oliver Clausen – allerdings in einer rauchig getragenen Swingversion.

»Frau Anwältin, hier handelt es sich eindeutig um das gleiche Musikstück«, befand Richter Dr. Ruiss von seinem Platz aus, als die musikalische Vorführung vom Band zu Ende war.

»Das Gutachten von Professor Brzynski«, beharrte Christina Ehrenberg, »beweist, dass die Titel in wesentlichen Punkten voneinander abweichen.«

»Welche wesentlichen Punkte sollen das sein? Das Papier, auf dem die Noten gedruckt wurden?« Dr. Ruiss schüttelte den Kopf.

Auf Gregor Ehrenbergs Gesicht erschien ein belustigtes Grinsen. Wo der Richter Recht hat, hat er Recht, dachte er.

Keiner der Anwesenden ahnte, dass beim Klang der beschwingten Trompeten, die ein paar Sekunden zuvor gedämpft aus dem Sitzungssaal in das Treppenhaus gedrungen waren, eine ältere Dame wie angewurzelt stehen geblieben war. Es war Frau Wichert, die Dame, die Gregor Ehrenbergs Prozessen schon oft beigewohnt hatte. Nachdem sie kurz der Musik gelauscht hatte, drehte sie sich abrupt um und hastete die Treppen wieder hinauf.

Im Sitzungssaal erhob sich Christina Ehrenberg erneut und begann eifrig: »Wenn ich Ihnen noch einmal den Titel von Oliver Cl ...«

Sie wurde jedoch von Richter Ruiss jäh unterbrochen: »Nicht nötig, dieses Lied hängt mir sowieso schon zum Halse raus. Meine Enkelin dudelt es den ganzen Tag. Außerdem habe ich es bereits gehört – in einer Aufnahme von 1958!«

Damit war klar, dass Christina Ehrenbergs Chancen in diesem Fall schlecht standen.

Nach einer kurzen Pause, während der sich das Gericht zur Beratung zurückgezogen hatte, verkündete Dr. Ruiss schließlich seine richterliche Entscheidung: »Dem Antrag auf einstweilige Verfügung ist stattgegeben. Des Weiteren sind die Differenzen der beiden Parteien nun in einem Hauptsachverfahren zu klären.«

Somit musste der Verkauf von *Lass los*, das gerade die Charts stürmte, umgehend eingestellt werden. Eigentlich, dachte Ehrenberg zufrieden, läuft es doch gut für meinen Mandanten.

Doch seine Zufriedenheit währte nicht lange. Auf der breiten Treppe vor dem Gerichtsgebäude eilte ihm Jan Blaate entgegen und reichte ihm aufgeregt ein Schriftstück. »*For Lizzy* soll die Erinnerung an die große, nie endende Liebe zwischen Lisbeth Gärtner und Jim Benson sein«, las Ehrenberg laut vor, was in dem Dokument geschrieben stand.

Einige Meter hinter ihnen blieb Christina stehen. Sie war neugierig, weil ihr Ex-Mann die Stimme erhoben hatte. Als sie hörte, worum es ging, versteckte sie sich hinter einem Steinsockel.

»... aus diesem Grund soll dieses Lied nie der Gegenstand einer Streitigkeit sein. Somit sei festgehalten, dass etwaige gerichtliche Schritte wegen urheberrechtlicher Ansprüche nur mit dem dezidierten Einverständnis von Lisbeth Gärtner und Jim Benson oder deren Erben unternommen werden dürfen«, las Ehrenberg erstaunt weiter.

»Ich habe das Dokument erst gestern Abend gefunden ...«, versuchte Jan Blaate zu erklären.

In diesem Augenblick kam Frau Wichert angelaufen. »Herr Dr. Ehrenberg, gut, dass ich Sie noch antreffe ...«, platzte sie in das Gespräch zwischen Anwalt und Mandant und zupfte aufgeregt an ihrer schwarzen Baskenmütze herum.

»Frau Wichert, ich führe gerade ein wichtiges Gespräch mit meinem Mandanten.«

»Natürlich«, erwiderte Frau Wichert freudestrahlend und rührte sich keinen Millimeter vom Fleck.

»Es ist ein sehr vertrauliches Gespräch, Frau Wichert ...«

»Ja natürlich, entschuldigen Sie ...« Mit unverändert munterer Miene trollte sie sich.

Ehrenberg hatte die Begegnung im nächsten Moment schon fast wieder vergessen. Das Dokument, das Jan Blaate zu Tage gefördert hatte, warf ein ganz neues Licht auf den Fall! Ohne die Einwilligung des Songschreibers und seiner großen Liebe konnten sie keine weiteren gerichtlichen Schritte einleiten. In dieser ärgerlichen Situation sah der Jurist nur eine Möglichkeit, wie mit dem Dokument zu verfahren war. »Herr Blaate, stecken Sie das Schriftstück wieder dahin, wo Sie es hergenommen haben. Die werden sich ohnehin mit uns vergleichen«, riet er seinem Mandanten.

Nun, jetzt nicht mehr …, dachte Christina hinter ihrem Steinsockel.

»Herr Blaate!«, rief Christina durch die angelehnte Tür, die zum Tonstudio führte. Was ihr Ex-Mann zu einer Nebensächlichkeit herunterzuspielen versuchte, war für sie eine äußerst wertvolle Information, der es nachzugehen galt. Deshalb hatte sie beschlossen, zu Jan Blaates Wohnung zu fahren und mit ihm über das fragliche Dokument zu reden.

»Hallo, Herr Blaate«, versuchte Christina es noch einmal. Als immer noch keine Reaktion erfolgte, stieß sie die Tür auf und blickte sich um. Ein Loft lag vor ihr. Es war leer. Zögernd betrat sie den großen Raum. Als sie einige Schritte gemacht hatte, entdeckte sie Jan Blaate hinter einer Glasscheibe, die in die Wand eingelassen war. Er musizierte zusammen mit einem Kollegen in einem angrenzenden Raum.

Beide hatten Kopfhörer auf und schienen von der Welt jenseits der Scheibe keine Notiz zu nehmen. Kein Wunder, dass sie auf ihr Rufen nicht reagiert hatten. Sollte sie noch etwas warten? Oder gegen die Scheibe hämmern? Ratlos schaute Christina sich noch einmal um. Zufällig blieb ihr Blick an einem Dokument hängen, das auf einem Tisch lag. Es kam ihr bekannt vor.

Rasch studierte sie die ersten Zeilen. Tatsächlich, es handelte sich um das Schriftstück, das Blaate ihrem Mann vor dem Gerichtsgebäude in die Hand gedrückt hatte. Ohne lange zu überlegen, steckte sie es in ihre Tasche und verließ das Loft.

»Chef, wir sind die Einzigen, die diesen Song noch hören können. Das müssen wir ausnutzen«, sagte Yasmin tadelnd, als Ehrenberg den Stecker der CD-Anlage aus der Steckdose zog. Sofort verstummte Oliver Clausens eindringlich flehender Sprechgesang.

»Tun Sie mal lieber was Sinnvolles«, schnappte der Anwalt schlecht gelaunt zurück. »Lisbeth Gärtner und Jim Benson: Das Einzige, was ich weiß, ist, dass die 1956 noch in Hamburg gelebt haben. Finden Sie doch mal heraus, wo die beiden abgeblieben sind.«

Im selben Moment öffnete sich die Ladentür und Lisa kam hereingestürzt.

»Ich muss euch was erzählen«, begann sie aufgeregt. Blonde Haarsträhnen hingen ihr wirr ins Gesicht. »Petras Mann ist …«

Yasmin und ihr Chef hielten erschrocken inne.

»Ausgeflippt?«, mutmaßte Yasmin.

»Wieder straffällig geworden …?«, kam es von Ehrenberg.

»… mit einem riesigen Blumenstrauß und in Tränen aufgelöst angekrochen gekommen und sie ist zur Polizei gerannt und hat die Anzeige zurückgezogen«, beendete Lisa entrüstet den Satz. »Und ohne Anzeige kann die Polizei nichts weiter gegen diesen Typen unternehmen!«

»Wir hätten ihn doch anzeigen sollen, als er den Chef angegriffen hat«, war das Erste, was Yasmin dazu einfiel. »Dann würde wenigstens *eine* Anzeige noch bestehen. Lisa, du musst mit Petra reden.«

»Was meinst du, was ich die ganze Zeit tue?«, erwiderte Lisa. »Petra hat Angst, nicht Angst vor ihrem Mann, sondern Angst vor dem Alleinsein. Deswegen glaubt sie ihm ja den ganzen Mist.«

Das Quietschen der Ladentür unterbrach die Diskussion. Lisa, Yasmin und Ehrenberg wandten sich zu Frau Wichert um, die nun in den früheren Weinladen trat.

»Guten Tag«, sagte sie in die Runde, ehe sich ihr Blick auf den Rechtsanwalt richtete. »Guten Tag, Herr Dr. Ehrenberg. Haben Sie einen Moment Zeit für mich?«

»Ja, gehen Sie schon mal nach oben, Frau Wichert.« Ehrenberg deutete auf seinen Schreibtisch im rückwärtigen Teil des Raums. Dankbar kam die ältere Dame seiner Aufforderung nach und stieg die kleine Treppe hoch.

»Ich wollte bloß, dass ihr's wisst.« Der zornige und traurige Unterton in Lisas Stimme war nicht zu überhören. Sie stürmte zur Tür und war im nächsten Augenblick schon wieder auf der Straße verschwunden.

Ehrenberg wollte Frau Wichert zu seinem Schreibtisch folgen.

»Chef?«, hielt ihn Yasmin jedoch bittend zurück. »Wir müssen doch irgendwas unternehmen.«

Er drehte sich zu ihr um und sagte: »Yasmin, ich glaube, Sie müssen sich noch daran gewöhnen, dass wir Anwälte meistens erst dann in Erscheinung treten, wenn alles zu spät ist.«

Mitten in das Gespräch hinein klingelte das Telefon. Yasmin nahm den Hörer ab und flötete in die Sprechmuschel, den Blick unverwandt auf ihren Chef geheftet: »Kanzlei Ehrenberg: Wir handeln erst, wenn's zu spät ist. Was kann ich für Sie tun?«

Am Apparat war Jan Blaate. Er hatte unangenehme Neuigkeiten: Das Dokument, in dem das Verbot jeder juristischen Auseinandersetzung über die Urheberrechte von *For Lizzy* festgelegt war, war spurlos aus seiner Wohnung verschwunden!

Während Ehrenberg noch mit dem jungen Mann sprach, klingelte es schon wieder auf der anderen Leitung. Yasmin hetzte zum Telefon. Diesmal war Dr. Ruiss am Apparat. Der Richter bat dringend um Rückruf.

In der Hektik, die in der Kanzlei herrschte, bemerkte niemand, dass Frau Wichert freundlich lächelnd den früheren Weinladen wieder verließ.

Angesichts der neuen Faktenlage war Dr. Ruiss gezwungen, die einstweilige Verfügung aufzuheben. Bevor er jedoch den Gerichtssaal verließ, in den er das Ehepaar Ehrenberg aus aktuellem Anlass einberufen hatte, musste er noch etwas Persönliches loswerden. »Dieser Ort dient der Rechtsprechung. Er ist kein Spielplatz, den Sie benutzen können, um Ihre familiären Streitigkeiten auszutragen«, sagte er zu den beiden Anwälten, die ihm am Tisch gegenübersaßen und verlegen vor sich hinsahen.

»Ist wie beim Boxen«, meinte Christina, nachdem der Richter gegangen war, und nahm das Dokument, das sie ihm vorgelegt hatte, wieder an sich. »Nicht die erste Runde zählt, sondern die letzte.«

Ehrenberg warf ihr einen unfreundlichen Blick zu. »Wer sagt dir, dass das schon die letzte Runde war?«

Am Abend begegnete ihm Lisa zufällig im Treppenhaus. Neuerdings fühlten sie sich stets ein wenig verlegen, wenn sie, ohne dass andere Leute anwesend waren, aufeinander trafen. Sie bemühten sich, ihre Verlegenheit zu überspielen.

»Wollen Sie das alles wegschmeißen?« Lisa deutete auf die halb voll gepackte Kiste, die zu Ehrenbergs Füßen stand. Darum herum lag Gerümpel verstreut.

Kurz bevor Lisa das Treppenhaus betreten hatte, war das Licht ausgegangen. Er war gestolpert und hatte die Kiste fallen lassen. Ehrenberg seufzte. Gut, dass Lisa wenigstens nicht auch noch Zeugin dieses peinlichen Missgeschicks geworden war. Er deutete auf den verstreuten Kisteninhalt. »Wollen Sie's haben?«

»Nö.« Lisa fasste sich ein Herz. »Haben Sie Lust, etwas mit mir zu essen?«, fragte sie zurück, bevor der Gesprächsfaden wieder abreißen konnte. Sie hob die große Papiertüte in die Höhe, mit der sie ins Haus gekommen war. »Es reicht auch für zwei.«

Kurze Zeit später saßen sie in Lisas Küche und aßen Hamburger.

»Charlotte wird mit mir schimpfen, dass ich ohne sie so ein Fest veranstaltet habe. Aber ich hatte einen derartigen Appetit auf diesen Mist.« Liebevoll betrachtete die junge blonde Frau ihren Burger.

»Das ist kein Mist«, wurde sie von Ehrenberg belehrt, der heftig kaute. »Die Qualität dieser Burger wurde gerichtlich festgestellt. Von Dr. Ruiss persönlich.« Er sinnierte einen Augenblick über sein Fast Food. Dann sagte er leise: »Das mit Ihrer Freundin Petra tut mir Leid.«

»Wenn einer schlägt, ist das keine Liebe.« Lisa schüttelte in Gedanken an Petra den Kopf.

»Nein, ist es nicht ...«

Stille breitete sich zwischen ihnen aus. Langsam hob Ehrenberg den Kopf und stellte fest, dass Lisas Blick auf ihm ruhte. Einen Moment lang sahen sie sich tief in Augen.

»Ich glaube, ich gehe jetzt besser.« Ehrenberg setzte ein Lächeln auf und deutete auf die Burger-Verpackungen, die auf dem Tisch lagen. »Beim Abwaschen brauche ich Ihnen ja nicht zu helfen, oder?«

»Nein«, lächelte Lisa zurück.

»Gute Nacht.« Er stand auf. Bevor er sich zum Gehen wandte, streichelte er Lisa kurz über die Hand.

»Gute Nacht«, flüsterte sie gerührt hinter ihm her, als er im Flur verschwunden war.

Am nächsten Tag informierte Yasmin ihren Chef über die Ergebnisse ihrer erfolgreichen Recherche. »Alles, was ich über Jim Benson herausgefunden habe, ist, dass er in der Army war«, brüllte sie gegen den Lärm von Gudruns Staubsauger an. »Und als seine Einheit dann ...«

Die Ladentür ging auf. Frau Wichert kam herein. Sie wurde des Aktenstapels auf Yasmins Schreibtisch gewahr und wie beschäftigt alle Anwesenden wirkten. »Na, ich sehe schon, Sie haben wieder keine Zeit«, rief sie in den Staubsaugerlärm hinein. Dann winkte die ältere Dame noch einmal freundlich zum Abschied und verschwand wieder durch die Tür.

Ehrenberg drehte sich zu Yasmin um.

»Als Jim Bensons Einheit 1956 nach Korea verlegt wurde«, fuhr sie fort, »ist er desertiert.«

»Das bedeutet, dass der Song aufgenommen wurde, als er bereits illegal in Deutschland gelebt hat. Und das bedeutet auch, dass er möglicherweise noch hier ist, denn jeder Grenzübertritt war für ihn gefährlich.« Ehrenberg stand auf und stiefelte in Richtung seines Schreibtischs.

Yasmin dachte, ihm wäre irgendetwas zu dem aktuellen Fall in den Sinn gekommen und er wollte etwas von seinem Tisch holen. Stattdessen blieb er vor Gudruns Staubsauger stehen und drückte auf den Ausschaltknopf.

Sofort wich der Lärm einer unerwarteten Stille. Nur von der Straße her drangen leise Geräusche in die frühere Weinhandlung.

»Gudrun, hören Sie mal …«

Gudrun lauschte angestrengt. »Ich höre nichts«, bemerkte sie nach einigen Sekunden verständnislos.

»Eben.« Zufrieden kehrte Ehrenberg zu Yasmins Schreibtisch zurück, während Gudrun, die begriffen hatte, den Staubsauger zusammenpackte. »Und was ist mit Lisbeth Gärtner?«

»Das war erheblich leichter.« Yasmin blickte in ihre Notizen. »Die ist nämlich 1956 nach Frankfurt gezogen und hat dort geheiratet. Nachdem ihr Mann vor sechs Jahren starb, ist sie wieder zurück nach Hamburg gekommen. Sie wohnt hier quasi um die Ecke.«

»Ja, dann nichts wie hin zu dieser Lisbeth Gärtner!« Ehrenberg sprang erneut von seinem Stuhl auf.

»Die heißt nicht mehr Gärtner, sondern Wichert, Lisbeth Wichert«, korrigierte Yasmin ihren Chef, der an der Ladentür stehen geblieben war und durch die Glasscheibe nach draußen starrte.

Genau gegenüber, auf der anderen Straßenseite, unterhielt sich eine ältere Frau angeregt mit dem Gemüsehändler.

Irritiert versuchte Ehrenberg, eine Verbindung herzustellen zwischen der Person, die er draußen auf der Straße sah, und dem, was er gerade gehört hatte. »Wie heißt die Frau?«

»Lisbeth Wichert«, wiederholte Yasmin.

Plötzlich fügten sich die Puzzleteile in Ehrenbergs Kopf zu einem Bild zusammen. Er riss die Tür auf. »Frau Wichert!«, brüllte er. Seine Mitarbeiterinnen, aber auch die Leute, die gerade auf der Straße unterwegs waren, starrten ihn entgeistert an.

Auch Frau Wichert reagierte zuerst verblüfft. Doch ihre Verblüffung wich sofort einer freudigen Überraschung. Sie und Ehrenberg rannten aufeinander zu, als wären sie alte Bekannte, die sich nach langer Zeit endlich wieder gefunden hatten.

Jim Benson war Turmbläser in St. Michaelis, Hamburgs Barockkirche und Wahrzeichen, gewesen und hatte im *New Orleans Club* gespielt. »Alle Mädels waren hinter ihm her, aber er hatte nur Augen für mich. Ja, ich war damals ein heißer Feger.« Frau Wichert lachte. Dann wurde sie wieder ernst. »Ich war überzeugt, dass das mit mir und Jim etwas wird und dass er mich in die USA mitnimmt. Aber eines Tages war er plötzlich verschwunden.«

»Das war 1956?«, erkundigte sich Ehrenberg, der sich Notizen machte, während die ältere Frau erzählte.

Sie nickte. »Ich habe nachgeforscht und rausgekriegt, dass seine Einheit abgezogen wurde. Ich habe geheult und geheult … Dann bin ich zu Freunden nach Frankfurt gefahren. Dort habe ich dann meinen späteren Mann kennen gelernt. Nach ein paar Monaten war ich schwanger und habe ihn geheiratet.« Sie hielt einen Augenblick inne. Jims Verschwinden … Ihre Abreise aus Hamburg – all das war ihr auf einmal wieder so gegenwärtig, als wäre es erst gestern geschehen. Eine tiefe Wehmut stieg in ihr auf. Seit sie »ihren« Song im Gerichtsgebäude gehört hatte, empfand sie häufig so. »Später habe ich den Song, den Jim für mich geschrieben hat, im Radio gehört. Es hat mir fast das Herz gebrochen.«

Ehrenberg hielt sich nicht gerade für einen Romantiker. Aber selbst er konnte nicht leugnen, dass sie es hier mit einer anrührenden Geschichte zu tun hatten. Der Biografie zweier Menschen, aus deren gemeinsamer Zeit ein Liebeslied hervorgegangen war, das auch jetzt noch viele Gemüter bewegte. Nicht nur die seiner beiden Mitarbeiterinnen.

»*For Lizzy* hat Jim für Sie geschrieben?«

»Ja. Aber das Lied ist nie als Platte herausgekommen. Ich habe es nie wieder gehört … Bis vor ein paar Tagen. Da wurde es plötzlich überall gespielt. Und als Sie es dann bei Gericht gespielt haben, habe ich gedacht, Sie wüssten vielleicht, was aus Jim geworden ist.«

Ehrenberg schüttelte traurig den Kopf. »Ich hatte gehofft, dass Sie es mir sagen könnten.« Er studierte seine Notizen. »Sie haben erwähnt, dass Jim als Turmbläser im Michel gearbeitet hat. Dann ist die Kirche der letzte Ort, der einen Hinweis auf ihn gibt. Folglich müssen wir dort mit der Suche beginnen.«

Der Turm von St. Michaelis, von den Hamburgern kurz und liebevoll »Michel« genannt, ragte mit seiner grünen Kupferkuppel vor dem grauen Hamburger Himmel auf. Ehrenberg und Lisbeth Wichert betraten die Kirche. Während sie mit hallenden Schritten durch das hohe Kirchenschiff gingen, erklang von der Empore her melancholisches Orgelspiel.

»Ich war seit damals nicht mehr hier«, gestand die ältere Dame. Sie blieb stehen und sah sich voller Ehrfurcht und Sehnsucht um. »Es war einfach zu schmerzhaft.«

Ehrenberg blickte sich ebenfalls um.

Das Lied der Orgel endete auf einem lang gezogenen, wehmütigen Ton.

»Ich bin eine gute Ehefrau gewesen«, fuhr Lisbeth Wichert leise fort. »Aber mein Mann hat immer gespürt, dass da etwas fehlt zwischen uns. Dass ein Teil von mir nicht ganz bei ihm war.« Es fiel ihr nicht leicht, darüber zu sprechen. All die Jahre hatte sie darüber geschwiegen. »Das hat ihm sehr wehgetan.«

In diesem Augenblick setzte die Orgel wieder ein, nun mit einem froher gestimmten Lied.

Lisbeth Wichert stutzte und legte Ehrenberg, der ihr aufmerksam zuhörte, die Hand auf den Arm. »Dieses Stück kenne ich«, sagte sie aufgeregt. »Es ist von Jim!« Sie rannte los. »Jim!« Ihre Schritte und ihre Stimme hallten von den Wänden der Kirche wider.

Die Melodie näherte sich inzwischen den Schlussakkorden.

»Jimmy!« Schon stürzte Lisbeth Wichert die Stufen hinauf, die zur Empore führten. Das Herz schlug ihr bis zum Halse, als sie oben anlangte. Die Musik war inzwischen ganz verstummt. Frau Wichert lief weiter, um die wuchtige Orgel herum. Doch als sie die Bank erblickte, auf der der Orgelspieler immer seinen Platz hatte, blieb sie enttäuscht stehen: Die Bank war leer. Jim war nicht mehr da.

Unten im Mittelgang der Kirche unterhielt sich Ehrenberg inzwischen mit dem Sakristan, der einen Stapel Gebetbücher auf dem Arm trug und geduldig seine Fragen beantwortete.

»Der Mann, der eben die Orgel gespielt hat, ist ein begnadeter Musiker«, wusste der Sakristan zu berichten. »Ich bin selbst Musiker und ich glaube, ich kann sein einzigartiges Talent wirklich würdigen.« Er schwieg einen Moment. »Leider kann der Organist die Musik, die er spielt, nicht mehr hören«, fuhr er schließlich fort. »Er ist taub.«

Lisbeth Wichert, die mittlerweile zu den beiden Männern gestoßen war, blickte ihn erschrocken an. Sie wusste, dass die Taubheit in Jims Familie gelegen hatte. Sein Großvater war taub gewesen und Jim hatte große Angst davor gehabt, ebenfalls sein Gehör zu verlieren.

»Er hat gesagt, Trompete spielen, das geht nicht mehr. Aber die Orgel, die kann er spüren«, redete der Sakristan weiter. »Der Mann ist einfach gut.«

»Kommt er denn regelmäßig hierher?«, wollte Ehrenberg wissen.

»Nein, das ist ganz unterschiedlich.«

In Lisbeth Wicherts Augen glitzerten Freudentränen. Sie erkannte ihren Jim in den Schilderungen wieder. »Das ist er. Ich bin mir ganz sicher.«

Der Sakristan begleitete die beiden Besucher noch bis vor das Kirchenportal. »Sehen Sie das Café da drüben?«

Ehrenbergs und Frau Wicherts Blicke folgten seinem ausgestreckten Arm, der auf ein paar Tische und Stühle wies, die vor dem Schaufenster eines gemütlichen, kleinen Cafés standen. »Dort sitze ich manchmal und höre ihm zu. Es ist einfach phänomenal, was der aus der Orgel herausholt.« Nachdem er ihnen noch einen schönen Tag gewünscht hatte, ging er zurück in die Kirche, zu seiner Arbeit.

»Wenn der Sakristan die Musik dort drüben hören kann«, überlegte Ehrenberg laut, »dann können andere das doch auch, oder?«

Lisbeth Wichert wusste nicht genau, was er damit sagen wollte, trotzdem lächelte sie ihn glücklich an. Vielleicht, so hoffte sie, würde sie ja schon bald ihren Jim wieder sehen!

In der Zwischenzeit hatten Yasmin und Lisa beschlossen, noch einmal mit Petra zu reden. Sie musste doch einsehen, dass das mit ihrem Mann auf die Dauer so nicht weiterging! Yasmin kam zum Baumarkt. Gemeinsam nahmen Lisa und sie Petra dort zur Seite. »Ich bin euch wirklich dankbar, dass ihr mir so geholfen habt. Aber alles andere ist einfach meine Privatsache«, wies Petra jede Hilfe von den beiden Frauen zurück.

»Glaubst du denn wirklich, dass Bernhard sich ändern kann?«, fragte Lisa zweifelnd.

»Warum denkst du denn, dass er das nicht kann? Du kennst ihn doch kaum!«

»Also, ich habe erlebt, wie er in die Kanzlei gekommen ist, um meinen Chef zu verprügeln«, schaltete sich jetzt Yasmin ein.

»Ich weiß«, gab Petra verlegen zu. »Aber er hat mir versprochen, dass er vorbeikommt und sich entschuldigt.« Eilig setzte sie ihren Weg durch die große Halle fort. Doch Yasmin und Lisa ließen sich nicht so schnell abwimmeln.

»Wenn Ihr Mann das nächste Mal den Verdacht hat, dass Sie was mit 'nem anderen Typen haben, was denken Sie, wird er dann machen?«, fragte Yasmin Petra auf den Kopf zu. Unentschlossen blieb diese stehen.

In diesem Moment klingelte Petras Handy. »Das ist Bernhard«, stellte sie mit einem Blick auf das Display erschrocken fest.

»Petra«, Lisa versuchte es noch einmal in beschwörendem Tonfall, »wenn das wirklich der Mann ist, den du liebst, dann solltest du dich freuen, wenn er anruft, und nicht zusammenzucken. Willst du etwa so den Rest deines Lebens verbringen?«

Petra wandte ihr das Gesicht zu, das immer noch deutliche Spuren der Verletzungen aufwies. »Du hast ja keine Ahnung! Dich ruft ja keiner an.«

Der Hieb saß. Lisa schwieg gekränkt.

Einige Sekunden lang herrschte eine angespannte Stille, bis Petra erneut das Wort ergriff. »Es tut mir Leid«, sagte sie zu Lisa und meinte es ehrlich. »Aber wenn man jemanden liebt, dann kann man den nicht einfach so fallen lassen. Dann muss man ihm doch eine Chance geben, sich zu ändern.«

»Glauben Sie, dass Ihr Mann das kann?« Yasmin ließ nicht locker.

Wieder schwieg Petra. Und wieder klingelte das Handy in ihrer Hand.

Yasmin nutzte Petras ratloses Schweigen für einen erneuten Überredungsversuch. »Petra, wenn Sie jetzt rangehen, werden Sie sich immer fragen, wie die Sache ausgegangen wäre, wenn Sie es nicht getan hätten. Und wissen werden Sie's erst, wenn's zu spät ist.«

Deutlich spiegelten Petras Augen den inneren Kampf, den sie mit sich ausfocht.

»Ich muss los, in die Kanzlei«, sagte Ehrenberg.

»Ich bleibe hier.«

Prüfend musterte er die verliebte, ältere Dame von der Seite, die glücklich neben ihm in der Kirchenbank saß. Sie hatten erneut die Kirche aufgesucht, denn Frau Wichert hatte gemeint, dass Jim vielleicht noch einmal zurückkäme.

»Vielleicht kommt er ja noch einmal her«, sprach sie jetzt ihre Hoffnung laut aus.

»Und wenn nicht?«

»Dann komme ich morgen wieder.«

Sie mussten beide unwillkürlich lachen.

»Sie haben nicht zufällig ein Handy dabei, oder?«, fragte Ehrenberg vorsichtig nach.

»Klar habe ich ein Handy«, zwinkerte Lisbeth Wichert ihn an. »Ich bin doch nicht von gestern.«

»Wenn Jim kommt, würden Sie mich anrufen, bevor Sie mit ihm sprechen?«

»Das ist nicht Ihr Ernst, Herr Dr. Ehrenberg.« Sie sah ihn beinahe vorwurfsvoll an. »Haben Sie eine Ahnung, wie lange ich schon darauf warte, Jim wieder zu sehen?«

»Ich weiß. Aber ich brauche unbedingt seine Unterschrift. Es ist wirklich wichtig. Bitte, tun Sie es ...«

»Na gut«, willigte sie versöhnlich ein. »Ich rufe Sie an. Ich versprech es.« Ihr verträumter Blick wanderte in die Weite des Kirchengewölbes.

Ehrenberg musterte sie noch einmal rasch. Dann drückte er ihr einen Kuss auf die Wange und machte sich auf den Weg zurück zu seinem Schreibtisch.

Dankbar sah Frau Wichert ihm nach. Sofort richtete sich ihre Aufmerksamkeit jedoch wieder auf die Orgel. Sie hoffte inständig, dass bald wieder jemand beginnen würde, das Instrument zu spielen. Und dass dieser Jemand ihr Jim war!

Mit großen Schritten lief Yasmin an einem Regal entlang, in dem Klebstoffe der unterschiedlichsten Art angeboten wurden. Die Klebstoffe interessierten sie nicht im Geringsten. Stattdessen steuerte sie geradewegs auf Gudrun zu, die am Ende des Ganges stand und wartete. »Was machst du denn hier?«, wisperte sie.

»Denkst du, das lasse ich mir entgehen?«, gab Gudrun spöttisch zurück.

»Und was ist mit der Kanzlei?«

»Die wird ja wohl mal 'ne Stunde ohne uns auskommen.«

Missbilligend runzelte Yasmin die Stirn. Ihr unruhiger Blick glitt über die mit Heimwerkerbedarf gefüllten Regale des Baumarkts. »Bist du sicher, dass dein Bekannter tatsächlich kommt?«

Statt einer Antwort wies Gudrun mit dem Kinn auf den gegenüberliegenden Gang. Dort hielt sich ein nicht sehr großer junger Mann auf, den man durchaus als ›schmales Hemd‹ bezeichnen konnte. Er schien sich für verschiedene Schraubensortimente zu interessieren, winkte den beiden Frauen jedoch verstohlen zu, als er Yasmins Blick auffing.

»Der?«, stieß Yasmin entgeistert aus. Sie packte Gudrun unsanft am Ärmel und zerrte sie hinter das nächste Regal.

»Das ist doch wohl nicht dein Ernst«, fauchte sie. »Wenn ich ein Mal einatme, dann liegt der Typ mir quer unter der Nase!« Mit einem Mal sah sie ihren ganzen Plan scheitern: Sie hatte Gudrun gebeten, einen gut aussehenden, harmlos wirkenden und trotzdem starken Mann aus ihrem Karate-Club ausfindig zu machen. Der, den Gudrun mitgebracht hatte, sah aber eher so aus, als würde er häkeln oder filigranen Schmuck basteln statt Kampfsport zu betreiben.

»Da täusch dich mal nicht«, entgegnete Gudrun. »Bist du sicher, dass Petras Mann dich nicht erkennt?«

»Klar, der ist damals so schnell reingerauscht in die Kanzlei«, versicherte ihr Yasmin, »außer dem Chef hat der niemanden gesehen.« Es wurde Zeit, ihren Plan in die Tat umzusetzen, bevor ihnen zu viel einfiel, woran er vielleicht doch scheitern konnte.

Die beiden Herren wandten sich perplex um, als – im roten Kittel des Baumarkts und ein paar Gummimatten unter dem Arm tragend – eine hübsche junge Frau, die lange dunkle Haare hatte, hinter ihnen herkam und ihnen fröhlich »Mahlzeit!« zurief. Hatten sie eine neue Kollegin bekommen? Sie nickten ihr zu und setzten ihren Weg in die wohlverdiente Mittagspause fort.

Yasmin verließ den Baumarkt durch den Haupteingang. Dort wartete bereits Bernhard, Petras Mann. Ungeduldig schritt er auf und ab. Yasmin begann, die Gummimatten in ein Gestell einzusortieren. »Kann ich Ihnen helfen?«, erkundigte sie sich.

»Nein, ich glaube nicht.« Er entfernte sich ein wenig, während Yasmin weiter mit den Matten hantierte. Doch nun kam er wieder näher.

»Ich warte auf meine Frau Petra«, sagte er im Vorbeigehen.

»Was?« Yasmin drehte sich halb zu ihm um. »Petra ist verheiratet? Das hätte ich ja nicht gedacht.«

Dieser Kommentar ließ Bernhard augenblicklich aufhorchen. »Wie meinen Sie denn das?«

»Ich habe mich nur gewundert, weil sie letzte Woche immer von diesem Typen abgeholt wurde«, streute Yasmin weiterhin Salz in seine Wunde.

Bernhard, der sich gerade mit dem Rücken betont lässig gegen einen Blumenkübel hatte lehnen wollen, stand auf einmal stocksteif neben ihr. »Was ist das für ein Typ?«

Yasmin tat nervös. »Fragen Sie sie selbst. Ich ... die beiden waren eben noch im Gartencenter ...«

»Sie meinen ... Petra und der Typ?«

Yasmin ließ eine weitere bedeutungsschwangere Pause folgen. »Hören Sie ...«, sie widmete sich wieder intensiv den Gummimatten, aber sie wusste, dass Petras Mann angebissen hatte. »Ich will damit nichts zu tun haben ...«

Bernhard machte auf dem Absatz kehrt. Ohne ein weiteres Wort eilte er in Richtung Gartencenter davon.

Sofort zog Yasmin ihr Handy aus der Kitteltasche und wählte eine Nummer. »Polizei? Ja, hier Meier. Ich rufe aus dem Baumarkt in der Max-Brauer-Allee an. Wir haben hier eine Schlägerei. Bitte, kommen Sie schnell.«

Im Gartencenter wurde Bernhard bereits erwartet.

Petra war in ein angeregtes Gespräch mit dem schmalen Bekannten von Gudrun vertieft, oder zumindest taten die beiden so.

Ihr Mann marschierte geradewegs auf sie zu. »Du lügst mich nur noch an, was?«, beschimpfte er Petra. Seine Stimme hallte gebieterisch durch das weiträumige, mit Pflanzen und Gartenmöbeln gefüllte Center. Er stieß seine Frau zur Seite, um sich ihrem Gesprächspartner zuzuwenden. »Und was bist du für einer?« Er wartete auf keine Antwort. Sofort hob er die Fäuste und ging auf den jungen Mann los, der einen Kopf kleiner war als er.

Mehrmals musste Gudruns Bekannter vor den blindlings zuschlagenden Fäusten in Deckung gehen.

»Wehrt der sich auch irgendwann einmal?«, erkundigte sich Yasmin bei Gudrun. Die beiden standen mittlerweile zusammen mit Lisa und Petra im Eingang des Centers.

»Du hast gesagt, du willst erst ein paar Zeugen«, erwiderte Gudrun, »und dass was zu Bruch geht.«

Ein lautes Krachen übertönte nun das Ächzen der beiden Kämpfenden, als Petras Mann rückwärts in einen Stapel blauer Plastikstühle fiel.

Sein Gegner war sofort über ihm. Er traktierte den eifersüchtigen Mann mit einer Reihe eleganter Kampfsporthiebe und -tritte, bis ihm vom Boden ein Gartenzwerg entgegengeflogen kam. Schnell wich er zur Seite aus. Der Zwerg fiel hinter ihm scheppernd zu Boden und zersprang in seine Einzelteile aus Terrakotta.

Das Gartenzwerg-Manöver genügte immerhin, um Petras Mann wieder auf die Beine zu verhelfen.

Weiter tobte der Zweikampf durch das Gartencenter des Baumarkts. Ein Plastikstuhl flog jetzt zu den vier Zuschauerinnen hinüber, die einen erschrockenen Satz nach hinten machten.

Das Scheppern und Krachen pflanzte sich munter durch die Halle fort. »Das wird teuer«, vermutete Yasmin.

Nun holte Gudruns Karate-Kollege zum finalen Tritt aus: Er sprang in die Luft, führte eine Drehung aus und landete mit dem Fuß einen Treffer am Kinn seines Widersachers, der sofort zu Boden ging.

Die vier Zuschauerinnen verzogen mitfühlend die Gesichter.

Das hatte bestimmt wehgetan. »Was war denn das?«, wollte Yasmin wissen.

Gudrun beantwortete ihre Frage mit einem asiatischen Fachausdruck, den die junge Türkin noch nie gehört hatte – jedenfalls so weit sie sich erinnern konnte. »Schwierige Technik, schön ausgeführt«, beschrieb Gudrun den beeindruckenden Kick, als kommentierte sie einen olympischen Wettkampf.

Nachdem er sich der Kampfunfähigkeit seines Gegners versichert hatte, setzte sich ihr Bekannter neben Bernhard auf eine Plastikplane und klopfte sich gelassen den Staub von den Hosenbeinen. In der Ferne war das Geräusch eines näher kommenden Martinshorns zu hören.

»Ich glaube, wir hauen besser ab, bevor wir da mit reingezogen werden«, schlug Gudrun den anderen drei Frauen vor. »Mein Kumpel macht das schon.« Sie zog Yasmin mit sich und Lisa packte Petra am Arm. Als sie das Gartencenter verließen, raste gerade ein Polizeiwagen auf den Parkplatz.

Ehrenberg schimpfte wie ein Rohrspatz. »Ihr müsst doch wohl völlig verblödet sein. Wer kommt denn auf so eine schwachsinnige Idee?«, stauchte er seine Mitarbeiterinnen in einer Lautstärke zusammen, dass die Wände der Kanzlei zu beben schienen. »Ist euch nicht klar, wie leicht sich jemand bei diesem Kampf hätte verletzen können?«

»Na, um einen hätte es mir nicht Leid getan«, flüsterte Yasmin Gudrun zu, woraufhin diese sich das Grinsen nicht verkneifen konnte.

»Das ist nicht witzig, Yasmin!«, donnerte Ehrenberg ungnädig. »Hören Sie auf zu lachen, Gudrun!«

Die beiden versuchten, sich zusammenzureißen und ähnlich betroffene Gesichter zu machen wie Lisa und Petra, die ebenfalls in der Kanzlei anwesend waren.

»Außerdem habt ihr die Kanzlei im Stich gelassen und wenn ich nicht rechtzeitig zurückgekommen wäre, hätte mein Mandant noch länger vor der Tür stehen müssen!«, prasselte Ehrenbergs Schelte weiter auf sie ein. »Dass Sie auf so eine Idee kommen, Yasmin, ist schon schlimm genug. Davon will ich jedoch gar nicht reden …« Ehrenberg wandte sich abrupt seiner Nachbarin zu, die einen Arm um Petras Schultern gelegt hatte und betreten zu Boden blickte. »Aber dass Sie da mitmachen, Lisa, hätte ich nicht vermutet …«

»Und was hätten Sie gemacht, wenn Lisa morgen oder übermorgen hier reingekommen wäre und uns erzählt hätte, dass Petra von ihrem Mann totgeschlagen wurde?«, hielt Yasmin entrüstet dagegen.

»Was hättet ihr getan, wenn dieser Bernhard aus Verzweiflung ein Messer gezogen hätte oder eine andere Waffe? Was hättet ihr denn dann getan?«

Schweigen breitete sich in dem früheren Weinladen aus.

»Wenn ich mich dazu entschließe, mich von meinem Mann scheiden zu lassen«, sagte Petra nun, »würden Sie mich denn dann vertreten?«

»Ja, natürlich vertrete ich Sie«, Ehrenberg zwang sich, wieder ruhiger zu werden. »Allerdings müssen Sie mir versprechen, keinen Rückzieher zu machen.«

»Bestimmt nicht!«, bekräftigte Petra.

Ehrenbergs Handy klingelte jetzt und er nahm das Gespräch entgegen. Er hörte dem Anrufer kurz zu, ehe er sich wieder an die vier Frauen wandte. »Ihr habt Glück. Ich muss noch mal weg.« Er griff nach Mantel und Schal. »Yasmin, ich brauche Informationen über *OC*, vor allem darüber, wo er in Hamburg wohnt.«

»Weshalb?«, fragte Yasmin. »Wollen Sie *OC* zu Hause besuchen?«

»Damit Sie beschäftigt sind und sich nicht wieder so einen Mist einfallen lassen.«

Wieder erfüllten die Klänge der Orgel den Kirchenraum von St. Michaelis, als Ehrenberg das Gotteshaus betrat.

Lisbeth Wichert, die in einer der Bänke gesessen hatte, stand auf und lief ihm entgegen. Als sie ihn erreicht hatte, griff sie nach seiner Hand und zog ihn durch den Mittelgang.

Seitdem sie ihn verständigt hatte, weil die Orgel wieder ihr melancholisch-schönes Spiel aufgenommen hatte, war ihr Blick nicht von den Orgelpfeifen gewichen. Fast regungslos und doch völlig aufgeregt hatte sie gewartet. Jetzt wollte sie endlich auf die Empore hinaufsteigen und zu ihrem Jim! Sie ließ Ehrenbergs Hand los und stürmte vorwärts.

Lächelnd ließ er sie gewähren.

Als Lisbeth Wichert die letzten Stufen hinauflief, fürchtete sie, dass der Organist wieder verschwunden sein würde, sobald sie die Empore erreicht hatte. Aber die Musik spielte weiter, während sie um die Orgel herumlief. Jetzt konnte sie die Orgelbank sehen. Dort saß, mit dem Rücken zu ihr, ein Mann.

Die Töne verklangen erst, als sich Jim Benson langsam umdrehte. Er hatte gespürt, dass jemand hinter ihm stand. Er erkannte Lisbeth sofort. Ein liebevolles Lächeln erschien auf seinem freundlichen, bärtigen Gesicht.

Sie sahen sich an und die Zeit schien rückwärts zu laufen. Plötzlich waren sie wieder zwei verliebte junge Menschen, als hätte es ihre Trennung nie gegeben.

Jim stand von seiner Orgelbank auf und schloss Lisbeth in die Arme. Sie begann vor Glück zu weinen.

Ehrenberg konnte die beiden von seinem Platz unten im Kirchenschiff nicht sehen, aber den abrupten Abbruch der Musik hatte er richtig interpretiert. Froh betrachtete er die

Orgel und vergaß sogar für mehrere Momente sein berufliches Interesse an dem Fall.

Nummer 1 Hit geklaut?, prangte es in breiter roter Schrift auf der Titelseite einer Hamburger Tageszeitung, die am Konferenztisch in Christina Ehrenbergs Kanzlei herumgereicht wurde. Über der Schlagzeile war ein großes Foto des Newcomers Oliver Clausen abgebildet.

»Haben Sie das an die Presse gegeben?« *OC* war richtig sauer.

»Nee, natürlich nicht, warum sollte ich?«, antwortete Ehrenberg. Er und sein Mandant Jan Blaate saßen *OC* und Christina an dem langen Tisch gegenüber.

Oliver fixierte die spiegelblanke Tischplatte. »Ich habe tierisch hart dafür geschuftet, so weit zu kommen.« Er deutete auf die Zeitung. »Und die schreiben, dass meine Songs geklaut sind.«

Ehrenberg schüttelte den Kopf. »Darum geht es doch gar nicht.«

»Um was denn sonst?«, mischte sich jetzt Christina ein. »Wenn ich herausbekomme, dass du diesen Mist an die Presse gegeben hast, um in einem möglichen Prozess einen Vorteil zu haben, dann verklage ich dich.«

»Es wird keinen Prozess geben«, sagte Ehrenberg zur Überraschung der Gegenseite.

»Ach, gibst du auf?« Christina hob ungläubig die Augenbrauen.

»Nein«, Ehrenberg lachte. »Aber ich kann dir vielleicht ein interessantes Angebot machen. Zuvor jedoch habe ich noch eine Frage an Herrn Clausen.« Er schaute *OC* an. »Ist es richtig, dass Sie ein Loft in der Admiralitätsstraße haben?«

Zögernd nickte *OC*. »Warum wollen Sie das wissen?«

Doch Ehrenberg fragte weiter: »Kennen Sie das kleine Café an der Englischen Planke, gegenüber vom Michel?«

Bevor ihr Klient auch die zweite Frage ihres Mannes bejahte, ging Christina alarmiert dazwischen: »Gregor, was soll das werden?«

Es klopfte an die Tür.

»Nein, jetzt nicht!«, sagte sie gereizt.

»Darf ich?« Ohne ihre Antwort abzuwarten, stand Ehrenberg auf und öffnete die Tür.

Herein kam ein älteres Paar, das ein wenig unsicher um sich blickte.

»Darf ich vorstellen? Das ist Lisbeth Wichert, geborene Gärtner. Und das hier«, Ehrenberg stellte sich neben den Mann, »das ist Jim Benson.« Dann wandte er sich wieder an Oliver Clausen: »Jim Benson war einmal Turmbläser in der Michaeliskirche. Und er spielt auch heute noch seine alten Songs auf der Orgel. Wenn man in dem kleinen Café an der Englischen Planke sitzt, dann kann man seine Musik ganz genau hören.«

Ehrenberg legte ein kleines Aufnahmegerät auf den Tisch, schaltete es ein und sofort erklangen die Töne von Jim Bensons Orgelspiel in dem Konferenzraum.

Jan Blaate lehnte sich entspannt zurück und hörte, wie auch die anderen Anwesenden, der schönen, sehnsüchtigen Musik zu. Dies war der Beweis dafür, dass er Recht hatte. Der Song *Lass los* basierte in Wahrheit auf dem Musikstück *For Lizzy*.

Auf Oliver Clausens Gesicht erschien ein befremdeter Ausdruck, der sich, je länger er der Musik lauschte, in ehrliche Verblüffung verwandelte. Auf einmal spiegelte seine Miene ein Begreifen wider.

Oliver Clausen selbst war es schließlich, der das Band abstellte. »Das gibt es doch nicht«, dachte er laut. »Das muss ich wohl irgendwo aufgeschnappt haben. Und ich dachte die ganze Zeit, der Song ist meine Idee gewesen.« Beschämt schaute er von Ehrenberg zu Lisbeth Wichert und Jim Benson. Dann reichte er dem Anwalt das Aufnahmegerät. »Die ganze Geschichte tut mir natürlich Leid …«

»Aber die beiden sind Ihnen nicht böse«, sagte Ehrenberg, der erkannte, dass es dem junge Sänger mit seinem Bedauern ernst war, »denn wenn Sie nicht aus einem alten Song einen Hit gemacht hätten, dann hätten sich die beiden nie wieder getroffen.«

Lisbeth Wichert und Jim Benson lächelten *OC* aufmunternd an.

»Das ist eine so rührende Geschichte, die Presse wird sich nur so darauf stürzen«, fuhr Ehrenberg in einem geschäftlicheren Tonfall fort, indem er sich zu seiner Frau am Kopfende des Tisches umdrehte. Christina war anzumerken, dass sich der Fall nicht eben ihren Wünschen entsprechend entwickelt hatte, aber sie schwieg. »Ich sehe schon die Verkaufszahlen deines Mandanten durch die Decke schießen.«

Ehrenberg kehrte zu seinem Platz zurück, schob seine Unterlagen zusammen und steckte sie in seine Tasche. »Und was meinen Mandanten anbelangt: Ich bin in meinem Büro und erwarte dein Angebot. Einen schönen Abend noch.«

Gefolgt von Jan Blaate und dem glücklichen Liebespaar, verließ Ehrenberg das Konferenzzimmer.

Es war bereits Abend, als Christina mit einem Angebot in der früheren Weinhandlung erschien. Ehrenberg hatte Buddy gerade Futter gegeben. In letzter Zeit hatte er den Hund doch ein wenig vernachlässigt, fand er. Er wollte seine Ex-Frau zur Begrüßung auf die Wange küssen. Doch diese beugte sich in einem gekonnten Ausweichmanöver zu Buddy hinunter und liebkoste den Hund ausgiebig. Ehrenberg seufzte. Immerhin machte das die sträfliche Vernachlässigung durch Herrchen wieder wett.

»Ich wollte eigentlich Martin bitten mitzukommen. Aber er meinte, ich habe den Schaden angerichtet und ich soll selber zu Kreuze kriechen«, begann Christina, als sie sich wieder aufgerichtet hatte.

»Du musst nicht zu Kreuze kriechen. Im Übrigen glaube ich, dass du gar nicht weißt, wie das geht.« Ehrenberg studierte das Angebot, das sie ihm gereicht hatte. »Ui, das ist aber großzügig.«

»Red keinen Quatsch. Du weißt genau, dass du viel mehr verlangen könntest«, war ihr Kommentar. »Warum tust du's also nicht?«

»Warum sollte ich? Um dich fertig zu machen? Nee.«

»Das wäre doch jedenfalls mal eine Haltung.«

Schon befanden sie sich wieder mitten in einem ihrer sarkastischen Streitgespräche.

Ehrenberg senkte die Stimme. »Was willst du von mir?«, fragte er schließlich in dem Versuch, den Streit zu beenden.

Christina reagierte jedoch mit einem weiteren Zornesausbruch. »Ich will, dass du endlich aufhörst, so entsetzlich großzügig zu sein!«

»Was stört dich daran?«

»Du bist nicht Buddha«, schnappte sie. »Deine Gelassenheit besteht darin, dass du dich auf nichts einlässt. Du willst die Fäden ziehen, aber dich soll nichts betreffen.«

Schweigend ließ Ehrenberg die Analyse seiner Persönlichkeit über sich ergehen – auch wenn ihm selbst auffiel, dass er damit Christinas Theorie nur bestätigte.

»Wenn du dich irgendwann einmal fragen solltest, warum wir uns so auseinander gelebt haben, dann hat es mit Sicherheit damit zu tun …«

Die Türklingel ertönte.

»… es hat geklingelt«, schloss Christina, als wollte sie auch mit diesen Worten das Scheitern ihrer Ehe begründen.

»Ja, ich weiß.«

Es klingelte zum zweiten Mal. Aber auch jetzt machte Ehrenberg keine Anstalten, die Tür zu öffnen.

»Entschuldigung, ich wollte dich nicht aus der Fassung bringen«, sagte Christina ironisch.

»Natürlich wolltest du das«, fauchte Ehrenberg, der nun doch seine übliche Gelassenheit verloren hatte. »Und du hast es geschafft.« Er ging zur Tür, um zu öffnen.

Draußen stand Lisas Tochter Charlotte.

Ehrenberg verdrehte die Augen, als das Mädchen neugierig in die Wohnung trat. »Charly, du störst.«

»Meine Mutter schickt mich. Sie will wissen, ob du nicht Lust hast, mit uns zu essen«, sagte Charly zu Ehrenberg, während sie gleichzeitig Christina eingehend taxierte.

»Wartest du mal draußen, bitte?«, raunte Ehrenberg dem Mädchen zu.

Folgsam trat Charlotte zurück. Sie blieb jedoch hinter der angelehnten Tür stehen, um den weiteren Verlauf des Gesprächs mit anhören zu können. Und die Fortsetzung ließ nicht lange auf sich warten.

»Sag mal, wo hast du den Schalter versteckt?«, fragte Christina ihren Ex-Mann unumwunden.

Ehrenberg sah sie irritiert an. »Welchen Schalter?« Worauf wollte sie denn nun wieder hinaus? Er fühlte sich ja fast wie im Kreuzverhör!

»Ich meine den, den du immer drückst, damit wir unterbrochen werden, sobald ich beginne, mit dir ein ernsthaftes Gespräch zu führen.« Christina seufzte. »Lass mal, war nur ein Scherz«, fuhr sie fort, als Ehrenbergs sonst so unnahbare Miene nun doch betroffen wirkte. »Geh und kümmere dich um deine Familie!«

Immer noch wusste Ehrenberg nicht so recht, was genau Christina eigentlich von ihm hören wollte. Er bemerkte nur, dass sie plötzlich traurig aussah.

»Ich habe keine Familie«, antwortete er unbeholfen. Doch auch dies war offenbar exakt die falsche Antwort.

»Wäre es so absurd, wenn du eine hättest?«, kam es sofort

von Christina zurück. Sie wartete einen Moment, dann beugte sie sich abrupt zu Buddy hinunter, der das Streitgespräch zwischen Herrchen und Frauchen mit seinen dunklen, runden Augen ratlos verfolgt hatte. »Bis Donnerstag, Buddy, mein Schatzi!«

Der kleine braune Hund platzierte seinen Kopf auf den wuscheligen Pfoten. Zum Abschied gab er einen klagenden Laut von sich, was vermutlich soviel hieß wie: »Könnt ihr euch nicht endlich vertragen?«

Bevor sie sich endgültig zum Gehen wandte, hielt Christina noch einmal inne und meinte zu Ehrenberg: »Gut, wenn du auf einmal eine Familie hättest, würde es mich verletzen ... Unglaublich sogar. Aber es würde mir zeigen, dass du noch etwas vorhast mit deinem Leben. Und dass es sich gelohnt hat, mich zu verlassen.« Mit hoch erhobenem Kopf verließ sie die Wohnung und Ehrenberg hörte, wie die Ladentür kurz darauf ins Schloss fiel.

»Kommst du jetzt?«, piepste es nun aus dem Türspalt in Ehrenbergs Rücken.

Mit einem leicht abwesenden Lächeln drehte er sich zu Charlotte um, die ihren Kopf wieder in die Wohnung gesteckt hatte. »Ja, ich komme!«

»Sag mal, Charlotte, seit wann duzt du mich eigentlich?«, erkundigte sich Ehrenberg ganz nebenbei bei Charly, als er hinter dem Mädchen die Treppe hochging.

»Entschuldigung«, erwiderte Charly verlegen, »ist mir nur so rausgerutscht.«

»Na gut, wenn du schon mal dabei bist.« Ehrenberg streckte ihr die Hand entgegen. »Gregor.«

Feierlich schlug das Mädchen ein. »Charlotte.«

Lisa lag auf dem Sofa und las in einer Zeitschrift, als die beiden plötzlich vor ihr im Wohnzimmer standen. Überrascht fuhr sie hoch.

»Hallo, danke für die Essenseinladung«, ergriff Ehrenberg etwas verlegen das Wort. »Das trifft sich sehr gut. Ich bin nämlich noch nicht zum Einkaufen gekommen. Was gibt's denn?«

Lisa hatte begonnen, nervös an ihrem Haar herumzuspielen. Hilfe suchend schaute sie Charly an, die an Ehrenberg gelehnt dastand und grinste.

Irgendjemand musste ja hier mal die Initiative ergreifen, und wenn die beiden es selbst nicht taten, dann tat sie es eben … »Überraschung!«, krähte Charly.

»Überraschung!«, wiederholte Lisa perplex und zupfte, immer nervöser, an ihrer langen Strickjacke herum. Sie stahl sich an Ehrenberg vorbei zur Tür. »Ja, machen Sie's sich doch schon einmal gemütlich. Ich brauche noch einen Moment …« Sie griff nach Charlottes Handgelenk und zog ihre Tochter mit hinüber in die Küche. »Sag mal, bist du noch ganz bei Trost? Was soll denn das?«, fauchte sie Charly dort an.

»Seine Ex war schon wieder da«, erklärte Charly ihrer Mutter, was sie auf die spontane Idee zu einem gemeinsamen Abendessen gebracht hatte. »Die tut zwar immer so, als ob sie sauer auf ihn ist. Aber ich wette, die hat 'ne Menge Tricks drauf.«

»Ach, und das ist jetzt dein Trick?«

»Ja. So läuft das.«

Die beiden starrten sich aufgebracht an. Doch plötzlich musste Lisa schmunzeln. Eigentlich freute sie sich darüber, Zeit mit Ehrenberg zu verbringen. Ja, sie freute sich sogar sehr …

»Dann sage ich dir mal, wie das hier läuft.« Lisa grinste ihre Tochter an. »Du zauberst in zehn Minuten ein schönes Essen und ich unterhalte inzwischen unseren Gast.« Gut gelaunt ging sie zurück ins Wohnzimmer.

»Das kocht sich quasi ganz von selbst«, hörte Charlotte

ihre Mutter nebenan Ehrenberg versichern, bevor die Tür hinter ihr zufiel. Na toll, dachte Charly, alles muss man alleine machen …

Der Preis der Ehre

Schon wieder hatte Charly eine neue und, wie sie fand, blendende Idee, wie sie ihre Mutter und Ehrenberg zusammenbringen konnte: Sie würde die beiden einfach miteinander verabreden! Denn anscheinend bekamen die das mit ihrer Beziehung allein nicht auf die Reihe. Im Gegenteil, irgendwie herrschte eine ziemliche Funkstille zwischen ihnen. Aber wenn Charly ein romantisches Candlelight-Dinner für sie organisierte und ihrer Mutter vorher unbemerkt den Wohnungsschlüssel aus der Tasche klaute ... dann – so Charlys Idee – würde Lisa bei Ehrenberg übernachten müssen!

Charly bestellte für den Mittwochabend einen Tisch für zwei beim Italiener. Danach beschloss sie, Ehrenberg in den ersten Teil ihres Plans einzuweihen. Das mit dem Schlüssel würde sie natürlich für sich behalten ... Aber einer der beiden musste schließlich die Einladung aussprechen.

»Und warum ausgerechnet der Mittwoch?«, wollte Ehrenberg ein wenig misstrauisch wissen.

»Weil da ein Spätfilm läuft, den ich gerne sehen möchte«, verriet ihm Charly und grinste ihn unschuldig an. »Man kann ja nicht immer nur an andere denken.«

»Klar ...« Ehrenberg schenkte ihr einen durchdringenden Blick. Auch wenn er Charlys Uneigennützigkeit etwas bezweifelte, war ihm doch jeder Vorwand recht, um mit Lisa auszugehen. Mittlerweile hatten sie einen einzigen wunderschönen Kuss gemeinsam: Es war vor kurzem geschehen, als Lisa an einem ruhigen Abend in den früheren Weinladen gekommen war. Der leidenschaftliche Kuss hatte sie beide völlig überrumpelt. Bisher war er folgenlos geblieben. Aber wenn es nach Ehrenberg ging, musste das nicht so bleiben …

Am Mittwochabend war Ehrenberg aufgeregt wie ein kleiner Junge. Lisa trug ein figurbetontes schwarzes Kleid. Blonde, gelockte Haarsträhnen fielen ihr ins Gesicht. Während sie zusammen zu dem Restaurant gingen, warf er ihr ab und zu einen fast schüchternen Blick von der Seite zu. Er fand sie sehr, sehr hübsch und verführerisch. Auch Lisa ihrerseits war nervös.

»Wie bist du auf diesen Laden gekommen?«, fragte sie Ehrenberg, als sie an dem liebevoll gedeckten Restauranttisch Platz genommen und Wein bestellt hatten. »Das ist eines meiner Lieblingsrestaurants!«

»Deine Tochter hat es ausgesucht …«

Verdattert sah Lisa ihn an, dann musste sie lachen. »Mir fällt zwar im Moment nicht ein, was ich Charly angetan habe, aber es muss etwas Schlimmes gewesen sein.«

Sie hoben beide ihre mit Wein gefüllten Gläser, um miteinander anzustoßen – als Ehrenberg plötzlich innehielt.

»Was ist?«, erkundigte sich Lisa beunruhigt.

»Wir sorgen für Gesprächsstoff.« Mit dem Kinn deutete er auf einen Herrn, der einige Tische weiter einem Geschäftsessen beiwohnte und verhalten grüßend zu ihnen herübernickte. »Das ist Martin Brüggmann, der Sozius meiner Ex-Frau. Der wird ihr bestimmt alles brühwarm weitererzählen.«

»Dann sorgen wir doch mal richtig für Gesprächsstoff.« Demonstrativ streckte Lisa Ehrenberg ihre rechte Hand entgegen, die dieser sofort ergriff und lachend küsste. Während sie sich erneut zuprosteten, schauten sie sich tief in die Augen und begannen, intensiv miteinander zu flirten.

Einige Stunden später standen Lisa und Ehrenberg vor

der gemeinsamen Haustür. Die Nacht war warm. Nur eine einzelne Straßenlaterne brannte in der Nähe. Verlegen suchten sie nach einer angemessenen Verabschiedung.

»Danke für den schönen Abend«, flüsterte Lisa schließlich.

Ehrenberg, der sonst so wortgewandt war, wusste plötzlich nicht, was er erwidern sollte. Lisa griff in ihre Handtasche – und begann, hektisch darin zu kramen.

Ehrenberg räusperte sich. »Ist was?«

»Ich kann meinen Schlüssel nicht finden.«

»Ich kann dir aufschließen.«

»Das nützt ja nichts, ich muss ja noch rauf in meine Wohnung.«

»Du kannst doch klingeln.«

»Das nützt auch nichts«, seufzte Lisa. »Charly übernachtet bei einer Freundin und da kann ich um die Uhrzeit nicht mehr anrufen.«

»Du könntest auch bei mir auf der Couch schlafen«, bot Ehrenberg spontan an. »Das ist zwar nicht so bequem. Aber immer noch besser, als wenn du hier draußen stehst.«

Wieder breitete sich Stille zwischen ihnen aus.

»Ich suche mir ein Hotel …«, erwiderte Lisa schließlich ausweichend.

»Das kommt doch überhaupt nicht in Frage.« Mit einer galanten Geste wies Ehrenberg auf seine Ladentür. »Darf ich Ihnen meine Briefmarkensammlung zeigen?«

Lisa musste lachen. »Einverstanden …«, gab sie nach.

Eine Weile später starrte Ehrenberg schlaflos in die Dunkelheit. Im angrenzenden Zimmer lag Lisa auf dem Sofa. Es machte ihm sehr viel aus, sie dort zu wissen – und nicht an seiner Seite.

Wie zur Antwort hörte er das Tappen von nackten Füßen auf dem Boden. Die Tür seines Schlafzimmers öffnete sich.

»Ich kann Sofas nicht leiden«, ließ sich Lisas Stimme in der Dunkelheit vernehmen. Mit wenigen Schritten war sie an seinem Bett und glitt in seine weit geöffneten Arme. Glücklich aufseufzend kuschelte sie sich an ihn.

Es hörte sich an, als würde der Fischmarkt an diesem Tag mitten in der Kanzlei stattfinden: Yasmin telefonierte, Gudruns Staubsauger summte, ein Mandant schimpfte und obendrein kläffte Buddy unaufhörlich. Ehrenberg hatte sowieso schlechte Laune. Und das hing mit Lisa zusammen: Seit sie diese wunderschöne Nacht miteinander verbracht hatten, herrschte wieder eine merkwürdige Sprachlosigkeit zwischen ihnen.

»Was ist das, was wir miteinander haben?«, hatte Ehrenberg danach von Lisa wissen wollen. Doch sie war ihm ausgewichen.

»Ich will noch jede Menge Abende, Nächte, Tage mit dir verbringen. Aber ich möchte nicht, dass wir anfangen, Namen dafür zu suchen. Damit machen wir es bloß kaputt«, hatte sie ihm geantwortet. Seitdem rätselte er, was sie damit wohl meinte.

Ehrenberg wurde der Krach endgültig zu viel. »Ruhe!!«, brüllte er gereizt.

Schlagartig herrschte Stille in dem früheren Weinladen. Selbst Buddy stellte sein Gebelle ein.

Mit diesem Ergebnis war Ehrenberg durchaus zufrieden. »Gudrun, Sie gehen jetzt da rein und putzen dort weiter.« Er deutete auf die Tür zum Nebenzimmer. Gudrun trug die Haare an diesem Tag als buschigen Pferdeschwanz frisiert und unter ihrem Kittel guckte ein pink-violettes Oberteil hervor. Ehrenberg wusste, dass sie am Vorabend ein Rendezvous gehabt hatte. Anscheinend hatten ihre romantischen Gefühle sich auch auf ihren Modegeschmack ausgewirkt. »Und nehmen Sie den Hund mit«, brüllte Ehrenberg noch hinter ihr her. »Und wenn er frech wird, dann saugen Sie ihn weg!«

Schwanzwedelnd tappte Buddy hinter Gudrun her in den Nachbarraum. Genervt verdrehte sie die Augen in Richtung ihres Chefs, ehe sie die Schiebetür hinter dem Hund zuzog.

»Yasmin, kommen Sie her!« Ehrenberg winkte seine junge Assistentin zu sich, die vor lauter Schreck den Hörer auf die Gabel gelegt hatte. »Am besten gehen Sie auch gleich da rein, dann können Sie endlich Gudrun fragen, wie ihre gestrige Verabredung war. Das ist doch sowieso das Einzige, das Sie heute interessiert.« Yasmin, die sich ein Grinsen nicht verkneifen konnte, schlüpfte ebenfalls gehorsam durch die Schiebetür. Tatsächlich brannte sie auf Gudruns Bericht. Schließlich hatte sie der Freundin und Kollegin ein paar Stylingtipps und einen Grundkurs in Sachen ›Erstes Date‹ gegeben.

»Und Sie setzen sich hin!«, wandte sich Ehrenberg an seinen aufgebrachten Mandanten.

»Hinsetzen!«, brüllte er, als der Mann seiner Aufforderung nicht sofort Folge leistete. Eingeschüchtert ließ sich der Klient folgsam auf einen Stuhl sinken.

Yasmin schloss schnell die Schiebetür, denn Ehrenberg war mit seinem Rundumschlag schlechter Laune noch längst nicht fertig. Anscheinend sollte jeder ordentlich etwas davon abbekommen, wenn er, was nur alle Jubeljahre vorkam, einmal Gefühlsregungen zeigte.

Anschließend griff sie nach dem Kabel des Staubsaugers und zog es einfach aus der Steckdose. »Wie lange willst du mich eigentlich noch auf die Folter spannen?«, fragte sie Gudrun in die nun folgende Stille hinein, die nur von Ehrenbergs Wutausbruch nebenan gestört wurde. Da er im Nebenzimmer unwirsch auf und ab ging, wurde seine Schimpftirade lauter oder leiser, je nachdem ob er gerade auf die Tür zu oder von ihr fort stolzierte.

Gudrun war anzusehen, dass ihr eine andere Frage lieber gewesen wäre. »Ja, erst haben wir was getrunken …«

»… und dann habt ihr was gegessen«, fasste Yasmin zusammen, die den formalen Teil des Rendezvous überspringen wollte.

Aber Gudrun unterbrach sie: »Nein, so weit sind wir gar nicht gekommen.«

Auf Yasmins Gesicht erschien ein breites Grinsen.

»Nicht, was du denkst«, beeilte Gudrun sich, ihr zu versichern. »Ein paar Bekannte von Dieter sind aufgetaucht …«

»Und?«

»Na, die haben angefangen, mit ihm zu stänkern und ihn ein bisschen rumzuschubsen.«

»Und?« Yasmin schwante etwas.

»Ich habe versucht …«, Gudrun wand sich, »… denen klarzumachen, dass ich das gar nicht gut finde. Und dann sind die gegangen.«

»Gudrun, dass man dir aber auch alles aus der Nase ziehen muss! Was meinst du mit ›klarmachen‹?«

»Na, im Detail weiß ich das jetzt auch nicht mehr so genau.« Gudrun begann, ein Möbelstück mit dem Staubtuch zu polieren, um Yasmins Blick auszuweichen. Da sie jedoch wusste, dass ihre Kollegin sowieso keine Ruhe geben würde, richtete sie sich seufzend wieder auf und erzählte die Geschichte verlegen zu Ende: »Als Dieter und ich gegangen sind, da haben diese Typen am Boden gelegen. Und dann ist wohl auch noch ein Krankenwagen gekommen.«

»Du hast denen was auf die Fresse gehauen«, reimte sich Yasmin die komplette Geschichte selbst zusammen.

»Ja, und es tut mir ja auch Leid.«

»Und wie hat Dieter das aufgenommen?«

»Ihm war es wohl ziemlich peinlich«, gab Gudrun zu. »Auf jeden Fall war die Stimmung total im Eimer und ich habe ihn nur noch nach Hause gebracht.«

Yasmin konnte es nicht glauben. Hier lief doch irgendwas verkehrt. »Du hast ihn nach Hause gebracht?!«

»Na, hätte doch sein können, dass die ihm irgendwo auflauern«, entrüstete sich Gudrun. Nach einer Weile fügte sie traurig hinzu: »Ich hab's versiebt, oder?«

»Aber volles Rohr. Der wird jetzt jedes Mal, wenn er dich sieht, daran denken, wie du ihn beschützen musstest.«

»Was hätte ich denn machen sollen? Kreischend rausrennen?«

»Ja, das wäre auf jeden Fall eine Option gewesen«, beharrte Yasmin. »Er wäre dir nachgelaufen, hätte dich getröstet, in den Arm genommen – eine gute Ausgangsposition für eine wilde Knutscherei.« Dieses Date war anscheinend auch nicht erfolgreicher gewesen, als Gudruns heimliche Versuche, vor einiger Zeit über eine Partnerschaftsvermittlung per Video den Traummann zu finden.

Vom Nebenzimmer her, in dem inzwischen wieder Ruhe eingekehrt war, öffnete sich leise die Schiebetür. Ehrenbergs Kopf erschien im Türspalt. »Gudrun, Sie haben Besuch.«

»Was denn für einen Besuch?«, wunderte sie sich. Mit Besuch hatte sie nicht gerechnet.

»Gehen Sie doch mal nachschauen«, forderte Ehrenberg sie auf und trat zur Seite.

Als Yasmin Gudrun auf dem Fuß folgen wollte, versperrte Ehrenberg ihr mit seinem ausgestreckten Arm die Türöffnung und bedachte sie mit einem tadelnden Blick. Immerhin ließ er es zu, dass Yasmin durch den Türspalt spähte, und er konnte es sich auch selbst nicht verkeifen, in den früheren Weinladen hinüberzusehen. Am Vordereingang spielte sich eine rührende Szene ab.

»Ich wollte dir nur sagen, dass ich das ganz toll fand, was du mit den Typen gemacht hast«, sagte Dieter schüchtern, während er der verblüfften Gudrun einen Strauß roter und weißer Blumen entgegenhielt.

»Du fandest das nicht irgendwie …«, Gudrun suchte nach dem richtigen Wort, »… unweiblich?«

»Unweiblich?« Dieter schaute sie ziemlich verständnislos an. »Hast du eine Ahnung, wie lange die schon hinter mir her sind? Weißt du, wie oft ich mir vorgestellt habe, dass die endlich mal einer vermöbelt?« Er strahlte sie glücklich an. »Und du hast das gemacht. So was hat noch nie einer für mich getan.«

Während im hinteren Bereich der Kanzlei leise die Schiebetür zugeschoben wurde, beugte Dieter sich vor, um Gudrun die Blumen in den Arm zu drücken. Dann küsste er sie scheu auf den Mund und lief aus dem Laden.

Ehrenberg bereitete gerade das Abendessen zu, als sein Handy klingelte. Die Stimmung in Lisas Küche war schon die ganze Zeit seltsam gewesen. Nein, es lief wirklich nicht so besonders gut zwischen ihnen und daran konnte auch die quirlige Charly nichts ändern. Charlotte meinte immer noch, sie höchstpersönlich verkuppeln zu müssen – trotz Lisas Rüffel nachdem sie den Trick mit dem entwendeten Wohnungsschlüssel herausgefunden hatte …

Beinahe dankbar für die Ablenkung nahm Ehrenberg das Gespräch entgegen, nur um im nächsten Moment heftig zu erschrecken. Gudrun war verhaftet worden! Auf Lisas und Charlys besorgte Fragen konnte er keine Antwort geben. Er wusste den Grund für Gudruns Verhaftung ja selbst noch nicht. Sofort machte er sich auf den Weg zum Gefängnis, um seiner Mitarbeiterin beizustehen.

Dort wurde er in einen spärlich beleuchteten, kahlen Raum geführt. Gudrun wartete dort schon. Sie saß an einem Tisch und sah blass und ratlos aus. Aus ihrem Pferdeschwanz hatten sich inzwischen einzelne Strähnen gelöst, die zerzaust abstanden. Seufzend ließ sich Ehrenberg auf den noch freien Stuhl sinken.

»Gudrun, was machen Sie denn für Sachen?«

»Ich habe überhaupt nichts gemacht«, beschwerte sie sich. »Das ist alles Quatsch.«

»Um was genau geht's denn eigentlich?«

»So genau haben die mir das nicht gesagt. Aber weil die mich dauernd nach gestern Abend fragen, denke ich, es geht um die Schlägerei.« Als sie Ehrenbergs wenig begeisterte Miene bemerkte, fügte Gudrun kleinlaut hinzu: »Ich hatte da so eine kleine Auseinandersetzung.«

»Yasmin hat's mir erzählt.«

»Wahrscheinlich hat einer von den Typen Anzeige gegen mich erstattet.«

»Aber das wäre kein Grund, Sie um diese Uhrzeit zu verhaften und auf diese Weise hier festzuhalten.«

»Ich habe denen erklärt, dass ich nichts sage, bevor ich nicht mit Ihnen gesprochen habe.« Gudrun seufzte einmal tief auf, bevor sie erneut aufbegehrte: »Ich verstehe das alles gar nicht!«

»Gudrun, könnte es denn sein, dass Sie einen der drei Männer stärker verletzt haben, als Sie glauben?«

»Nee«, seine kampferprobte Mitarbeiterin lächelte matt, »die waren zwar geschockt, aber ansonsten ganz in Ordnung.«

Hinter ihnen wurde die Tür schwungvoll geöffnet. Ein sportlicher Mann, der eine braune Lederjacke trug, kam herein. Er stellte sich als »Hauptkommissar Liebert« vor und kam sofort zur Sache: »Herr Dr. Ehrenberg, Ihre Mandantin hatte gestern eine Auseinandersetzung mit einem jungen Mann namens Bernd Lose. Wir haben ihn heute Mittag gefunden – der Mann war tot.«

Der Hauptkommissar ließ Gudrun nicht aus den Augen. Diese starrte erschrocken ihren Anwalt an und Ehrenberg musterte seinerseits den Hauptkommissar durchdringend.

»Das ist doch totaler Quatsch«, protestierte Gudrun. »Ich habe dem Typen bloß einen kleinen Klaps gegeben.«

»Wie gesagt, es gab eine Schlägerei«, erzählte der Hauptkommissar, der sich mittlerweile lässig an die Wand gelehnt hatte, den Tatbestand noch einmal. »Ein Gast des Lokals, in dem Sie sich aufgehalten hatten, rief den Krankenwagen, weil er dachte, dass einem von den Burschen etwas Ernsthaftes passiert wäre. Aber als der Krankenwagen ankam, hatten die drei sich verdrückt. Die Jungs sind uns nicht unbekannt. Wahrscheinlich hatten sie Angst, dass sie Ärger kriegen. Heute Mittag nun hat ein Bahnarbeiter die Leiche von Bernd Lose gefunden. Sein Schädel war eingeschlagen.«

»Na, das kann ja nicht in der Kneipe passiert sein«, schlussfolgerte Ehrenberg sofort erleichtert.

»Eben deshalb wollte ich von Ihrer Mandantin wissen, wo sie nach Verlassen der Kneipe war.« Der wache Blick des Beamten wanderte von Ehrenberg zu Gudrun hinüber und ruhte nun abwartend auf deren verunsicherter Miene.

»Ich habe zuerst meinen Begleiter zu Hause abgeliefert und dann bin ich selbst nach Hause gegangen.«

»Gibt's dafür Zeugen?«, fragte der Hauptkommissar.

Gudrun überlegte kurz. »Nein.«

»In diesem Fall ist es also genauso gut möglich, dass Sie und Bernd Lose sich danach noch einmal getroffen haben und dass es dann eine Auseinandersetzung gab, in deren Verlauf er getötet wurde.«

Ehrenberg sah sich gezwungen einzuschreiten. »Nein, das ist nicht möglich«, widersprach er dem Hauptkommissar aufgebracht. »Sie haben doch gehört – meine Mandantin war zu Hause. Ich sage Ihnen etwas … Ich nehme meine Mandantin jetzt mit. Und wenn Sie irgendetwas Konkretes haben, dann melden Sie sich wieder.«

»So einfach ist das leider nicht. Wir haben einen Haftbefehl und der lautet auf Totschlag.«

»Was?«, entfuhr es Gudrun vollkommen entsetzt.

Langsam ging Hauptkommissar Liebert auf sie zu und stützte die Hände vor ihr auf den Tisch, sodass seine Augen auf gleicher Höhe mit den ihren waren. »Es könnte auch gefährliche Körperverletzung mit Todesfolge daraus werden oder Notwehr«, sagte er in einem fast beschwörenden Tonfall, »wenn Sie uns erzählen, wie es zu der Tat gekommen ist ...«

»Wie ist Lose denn umgekommen?«, ließ sich Ehrenberg vernehmen, der nicht vorhatte, zuzulassen, dass Liebert das Gespräch an sich riss. Er sah, worauf das Manöver des Beamten hinauslaufen sollte. »Ich krieg's ja sowieso raus«, setzte er gelassen hinzu, als der Hauptkommissar nicht sofort antwortete.

»Lose wurde von hinten mit einem stumpfen Gegenstand erschlagen«, erklärte dieser schließlich widerwillig.

»So viel zum Thema Notwehr«, sagte Ehrenberg. »Ein Angriff von hinten geht schwerlich als Notwehr durch. Sie sind ja richtig link.«

»Ich versuche nur, meine Arbeit zu machen.« Der Beamte stellte sich wieder aufrecht neben den Tisch. »Dazu gehört es, dem Täter goldene Brücken zu bauen, damit er bereit ist, ein Geständnis abzulegen.«

Gudrun runzelte wütend die Stirn. Wieso Geständnis? »Ich habe das nicht nötig, jemanden von hinten niederzuschlagen.«

»Was ist denn mit den beiden anderen? Haben die ein Alibi?«, schaltete sich Ehrenberg wieder ein.

»Das werden Sie noch erfahren, wenn's so weit ist. Aber die hatten keinen Grund, Lose das anzutun. Ihre Mandantin dagegen hatte ein Motiv, sich zu rächen. Und sie hatte die Gelegenheit ...«

»Das ist doch ...« Wütend hob Gudrun die Hände.

»Seien Sie still.« Ehrenberg unterbrach seine Mandantin

barsch, ehe er sich wieder an den Hauptkommissar wandte: »Ich möchte gerne mit meiner Mandantin alleine sprechen.«

»Von mir aus.« Liebert zuckte mit den Schultern und verließ den Raum.

Sobald sich hinter dem Beamten die Tür geschlossen hatte, wandte sich Gudrun an ihren Chef und versicherte erneut: »Ich habe das nicht getan. Das müssen Sie mir glauben. Ich würde nie jemanden von hinten niederschlagen.«

Offen sah sie ihm in die Augen. Ehrenberg nickte. »Ich glaube Ihnen. Ist Ihnen denn irgendjemand auf dem Weg nach Hause begegnet?«

»Ich bin ja nicht gleich nach Hause gegangen.« Um zu vermeiden, dass Ehrenberg sich aufregte, fügte sie sogleich hinzu: »Ich war so sauer, dass ich mal wieder alles versiebt hatte, dass ich einfach nur durch die Gegend gerannt bin.«

»Ja, aber da kann es doch leicht sein, dass Sie den dreien noch einmal begegnet sind.«

»Nei-ein!«

»Gudrun, ich muss Sie das fragen. Es gibt keine schlimmere Situation für einen Strafverteidiger, als wenn er vor Gericht erfährt, dass ihm seine Mandantin nicht die ganze Wahrheit erzählt hat.«

Gudrun nickte.

»Also«, gelassen begann Ehrenberg noch einmal von vorn, »ist Ihnen auf dem Weg nach Hause oder als Sie umhergerannt sind, irgendjemand begegnet?«

Gleich am nächsten Tag machten sich Ehrenberg und Yasmin auf, um Altona nach Zeugen abzusuchen. Irgendjemand musste Gudrun doch gesehen haben, als sie in den Straßen herumgelaufen war, und sich daran erinnern! Doch wen sie auch befragten – immer ernteten Ehrenberg und Yasmin nur ein Kopfschütteln als Antwort auf ihre Fragen.

Bei einem jungen Türken endlich schien Yasmin Glück

zu haben. Er machte den Eindruck, als ob er etwas wüsste, wollte jedoch nicht so recht mit der Sprache herausrücken. Schließlich riss Yasmin der Geduldsfaden. »Hör zu, meine Freundin sitzt im Gefängnis für etwas, das sie nicht getan hat«, sprach sie eindringlich, abwechselnd auf Türkisch und auf Deutsch, auf ihn ein. »Also wenn du was weißt, dann sag's mir bitte.«

Der junge Mann, der sich sichtlich unwohl fühlte, begann zunächst auf Türkisch, um mitten im Satz wieder ins Deutsche zurückzuwechseln: »... und nur zwei sind rausgekommen.« Er zeigte auf einen Laden an der nächsten Straßenecke. »Drei rein, zwei raus. Denk dir deinen Teil.« Damit ließ er sie einfach auf der Straße stehen – mit all ihren Gedanken, die ihr auf einmal völlig unzusammenhängend durch den Kopf schossen.

Yasmins Blick war starr auf den kleinen Laden an der Ecke gerichtet. Es war der Lebensmittelladen ihrer Eltern.

Schon am Vortag war die Stimmung in dem Lebensmittelladen merkwürdig bedrückt gewesen. Aber keiner von den dreien, weder ihre Mutter noch ihr Vater oder ihr Bruder Davut, hatten Yasmin sagen wollen, was los war. Sie hatte sich gefragt, ob Davut wieder etwas angestellt hatte. Erst vor kurzem war er wegen Ladendiebstahls zu vier Wochen Arrest verdonnert worden. Obwohl er die Packung Kondome, um die es ging, nur eingesteckt hatte, damit seine arroganten Freunde, die plötzlich im Supermarkt aufgetaucht waren, ihn nicht damit sahen und aufzogen.

An diesem Tag war die Stimmung unverändert schlecht. Ein einvernehmliches und dennoch lastendes Schweigen hing wie eine dunkle Wolke über dem Familienbetrieb, während Yasmins Eltern und ihr Bruder Waren auspackten und dann in Regale sortierten.

»Was war denn hier gestern los?«

Auch diesmal erhielt Yasmin keine Antwort auf ihre Frage.

»Hier waren gestern drei Typen im Laden, stimmt's?«, wagte Yasmin sich weiter vor.

Ihre Mutter blickte angespannt von dem Regal auf, während die Bewegungen ihres Vater langsamer wurden. Er wandte sich zu ihr um und es klang wie eine Drohung, als er sagte: »Misch dich nicht in Angelegenheiten ein, die dich nichts angehen.«

»Aber das sind meine Angelegenheiten«, gab Yasmin heftig zurück. »Meine Freundin sitzt im Gefängnis!«

Ihr Vater schüttelte den Kopf. »Was hat unser Laden mit deiner Freundin zu tun?«

Davut wollte etwas sagen, wurde aber von seinem Vater sofort mit einem strengen Blick in seine Schranken verwiesen.

Yasmin begriff nicht, warum ihr hier auf einmal eine solche Welle der Feindseligkeit entgegenschlug. Dies war immerhin ihre Familie! »Kannst *du* mir nicht wenigstens sagen, was los ist?«, wandte sie sich schließlich leise an ihre Mutter, die stumm neben ihr stand.

»Sag, sie soll gehen!«, meldete sich ihr Vater von dem Regal her, in das er und Davut weiterhin Lebensmittel einräumten. Als er sah, dass die beiden Frauen an der Tür noch einmal miteinander tuschelten, brüllte er noch herrischer als zuvor: »Yasmin geh! Ich hab gesagt, du sollst gehen!«

»Ich verstehe das nicht. Es war Samstagnacht. Altona war voll mit Menschen. Und keiner will sie gesehen haben.« Ehrenberg rührte heftig in seinem Teeglas, das auf der Theke des türkischen Dönerladens stand. Lisa und Yasmin, die ihn begleitet hatten, hüllten sich in Schweigen: Lisa, weil sie selbst ratlos war, und Yasmin, weil sie noch ein zusätzliches Problem quälte: Was war bloß im Laden ihrer Eltern vorgefallen? Und was war eigentlich auf einmal in Altona los? Warum wollte niemand mit ihr über Gudrun und Bernd Lose reden?

»Yasmin, haben Sie irgendwas rausgekriegt?« Als seine Assistentin, anstatt zu antworten, weiterhin vor sich auf die Theke starrte, fügte Ehrenberg besorgt hinzu: »Ist alles in Ordnung mit Ihnen?«

Der Besitzer des Dönerladens betrachtete das frustrierte Trio aufmerksam.

»Ja. Sicher.« Yasmin sah kurz auf, nahm dann aber wieder die Theke ins Visier.

»Wolltest du etwas mit mir besprechen?«, wandte sich Ehrenberg daraufhin an Lisa.

Doch die war genauso wortkarg. »Ach, ist nicht so wichtig. Ihr habt im Moment andere Sorgen«, winkte die junge Frau ab.

»Ich muss noch mal mit Gudrun reden.« Er pfefferte einen Geldschein zwischen die Teegläser auf die Theke. »Stimmt so«, nickte er dem Ladenbesitzer zu. »Yasmin, kommen Sie?« Mit wehendem Mantel eilte er aus dem Dönerladen.

Seine Assistentin trottete gedankenverloren hinter ihm her.

»Na, toll«, seufzte Lisa vor sich hin. Dann schloss sie sich den beiden ebenfalls an.

Keiner der drei bekam mit, wie der Besitzer des Dönerladens versuchte, hinter ihnen herzurufen und zu winken. Doch nun ließ er seine Hand wieder sinken. Sie waren ohnehin schon außer Hörweite.

»Gudrun, versuchen Sie, sich zu erinnern.«

Wieder saß Ehrenberg seiner festgenommenen Mitarbeiterin an einem viereckigen braunen Tisch in der Haftanstalt gegenüber. Yasmin, die neben ihm Platz genommen hatte, drehte unaufhörlich eine Haarsträhne um ihren Finger.

»Irgendjemand muss Sie doch gesehen haben«, fuhr Ehrenberg fort. »Wenn die Polizei einen Hauptverdächtigen hat, dann suchen die in der Regel nicht nach Material, das den entlastet.«

Aus Gudruns Blick sprach Verzweiflung. »Aber ich weiß doch wirklich nichts.«

»Sie können doch nicht alleine auf der Straße gewesen sein!«

»Nee, natürlich nicht. Aber ich habe nicht auf die Leute geachtet.« Die junge Frau bemühte sich, im Geiste noch einmal durch das nächtliche Altona zu wandern. Da fiel ihr zu ihrem eigenen Erstaunen doch noch jemand ein: »Harry.«

»Was ist mit Harry?«, fragte Yasmin nach, die für einen Moment aufhörte, an ihrer Haarsträhne zu drehen.

»Harry hat mich gesehen.«

Ehrenbergs Miene hellte sich auf. »Warum haben Sie das denn nicht gleich gesagt?«

»Ich habe nicht an ihn gedacht«, erklärte Gudrun aufgeregt. »Harry ist doch immer da, den sieht man ja schon fast gar nicht mehr.« Endlich gab es einen Zeugen!

Harry war da anderer Ansicht. »Haben Sie 'ne Ahnung, wie viele Leute bei mir jeden Tag vorbeilatschen?«, antwortete der Obdachlose, als Ehrenberg und Yasmin ihn am Kanal unter der Brücke besuchten, wo zurzeit seine Bleibe war.

Harry war ein alter Bekannter. Sie hatten ihm einst geholfen, seine Unschuld zu beweisen, als er zu Unrecht beschuldigt worden war, Wertsachen aus einem eingeschlagenen Schaufenster gestohlen zu haben.

»Aber Gudrun hat gesagt, dass Sie sie gesehen haben«, erinnerte Ehrenberg ihn.

»Klar, ich seh sie dauernd. Aber ich hab ja nicht so einen Terminkalender wie Sie. Woher soll ich also wissen, ob ich sie genau an dem Abend gesehen hab?«

Allmählich wurde Ehrenberg ungeduldig. Er hatte das unbestimmte Gefühl, dass irgendwas nicht stimmte. »Was ist eigentlich los hier?«, brach es aus ihm heraus. »Harry, wenn Sie was wissen, dann müssen Sie mir das sagen!«

»Klar, ich«, erwiderte der Obdachlose bitter, »warum fragen Sie nicht die anderen? Ich hab keine Tür, hinter der ich mich verstecken kann, wenn mir jemand an den Kragen will. Ich hab nur das ...« Er deutete auf einige Pappkartons, zwischen denen er sein improvisiertes Lager aufgeschlagen hatte.

»Von wem reden Sie?«

Betreten zog Harry seine Wollmütze tiefer ins Gesicht, so als wollte er sich darunter verstecken.

Yasmin, die selbst ein schlechtes Gewissen hatte, weil sie etwas Wichtiges verschwieg, warf Harry einen mitfühlenden Blick zu.

»Mensch, Gudrun sitzt im Knast. Unschuldig!«, donnerte Ehrenberg. Seine Stimme hallte laut in der Unterführung wider.

Sie musste es ihm sagen. Früher oder später blieb ihr sowieso nichts anderes übrig. »Chef, ich ...«

»Jetzt nicht«, schnitt er Yasmin das Wort ab und fixierte ungnädig wieder den Obdachlosen. »Harry, ich will eine Antwort.«

Nach einigem Zögern trat dieser schließlich einen Schritt näher. »Ja, ich hab Gudrun gesehen«, sagte er leise. In seiner Stimme schwang hörbar Angst mit. »Und den Kerl, den sie angeblich umgebracht haben soll, den hab ich auch gesehen. Aber da war Gudrun schon längst weg. Die Typen waren zu dritt. Und die sind in den Laden von der ihrem Vater.« Mit seinem unrasierten Kinn wies Harry auf Yasmin, die erschrocken und schuldbewusst zusammenzuckte. »Dort hat's einen Riesenkrach gegeben. Dann sind zwei von denen rausgelaufen wie von der Tarantel gestochen, aber der dritte, der ist drin geblieben. Und am nächsten Morgen hab ich gehört, dass er tot ist.«

Ehrenberg versuchte, den Kloß wegzuräuspern, der sich eben in seinem Hals gebildet hatte. »Haben Sie 'ne Ahnung, was die in dem Laden wollten?«

»Klar, Ärger machen«, sagte Harry. »Die machen überall Ärger: bezahlen einfach nicht, klauen Sachen. Und wenn sich von den Ladenbesitzern einer beschwert, dann hauen sie dem die Rückspiegel ab oder die Scheiben ein. Immer irgendwas, was man nicht beweisen kann.«

»Und warum hat keiner der Ladenbesitzer etwas gegen diese Kerle unternommen?«, wollte Ehrenberg wissen.

»Na ja, es war nie was Großes; 'ne Dose Cola oder mal 'n Döner, dafür handelt sich keiner einen Riesenärger ein.«

Ehrenberg nickte. »Danke, Harry.«

Es gab noch etwas, das Harry loswerden wollte: »Glauben Sie ja nicht, dass ich das vor Gericht aussage. Die kriegen Bewährung, kommen frei und dann machen sie mich platt wie 'ne Flunder.«

»Danke, Harry!«, sagte Ehrenberg noch einmal und verabschiedete sich von dem Obdachlosen. Er legte den Arm um Yasmins Schultern. Gemeinsam gingen sie den Kanal entlang, in Richtung des früheren Weinladens.

Eigentlich war Yasmin froh, dass Ehrenberg nun über den Vorfall im Laden ihrer Eltern informiert war. Sie hatte ja – bis zu Harrys Bericht – selbst nicht genau gewusst, was dort geschehen war. Sie war sich nur darüber im Klaren gewesen, dass ihre Familie ihr irgendetwas verschwieg.

»Ich konnte doch meinen Vater nicht in Schwierigkeiten bringen ... Aber Gudrun im Knast sitzen lassen, das konnte ich auch nicht«, versuchte sie, Ehrenberg ihren inneren Zwiespalt zu erklären, als sie wieder in die Kanzlei zurückgekehrt waren. Sie wussten beide, dass Ehrenberg die

Polizei über das, was Harry beobachtet hatte, informieren musste. Gudrun war nicht nur eine gute Freundin, sondern auch seine Klientin.

Am nächsten Tag wurde Yasmins Vater verhaftet.

»Die Beweise gegen meinen Vater sind erdrückend. Die Polizei hat Blut im Laden gefunden und die Dose, mit der Bernd Lose erschlagen wurde. Das heißt, dieser Bernd ist eindeutig in unserem Laden umgebracht worden«, schlussfolgerte Yasmin mit heiserer, zittriger Stimme, während sie wieder eine Haarsträhne hektisch um ihren Finger drehte.

»Und was sagt dein Vater dazu?«, fragte Gudrun, die ihre neu gewonnene Freiheit erst einmal dazu genutzt hatte, ihre Klamotten zu wechseln.

»Der hat ein Geständnis abgelegt«, ließ sich jetzt Ehrenberg von der geöffneten Tür her vernehmen. »Herr Ülküm hat gesagt, dass ihn der junge Mann bedroht hat und dass er keinen anderen Ausweg gesehen hat, als ihn niederzuschlagen.«

Yasmin starrte niedergeschlagen vor sich hin.

»Und was sagen deine Mutter und dein Bruder dazu?«, fragte Gudrun vorsichtig weiter.

»Die behaupten, dass sie im Lager waren und nichts mitgekriegt haben«, berichtete Yasmin, die mittlerweile begonnen hatte, unruhig in der Kanzlei auf und ab zu laufen. »Aber ich glaube nicht, dass sie mir die Wahrheit sagen. Die verschweigen mir irgendwas.« Wieder starrte sie vor sich hin, bevor sie leise fortfuhr: »Ist ja auch kein Wunder, dass sie mir nichts sagen. Schließlich habe ich meinen eigenen Vater in den Knast gebracht.«

Ehrenberg und Gudrun betrachteten Yasmin voller Mitgefühl. Sie war kurz stehen geblieben und drehte jetzt weiter nervös ihre Runden durch den Raum.

»Verteidigen Sie Herrn Ülküm?«, wandte sich Gudrun an ihren Chef.

»Wenn er das will, natürlich …«, entgegnete Ehrenberg und wiegte wenig hoffnungsvoll den Kopf. Es würde nicht einfach sein, das Vertrauen der Familie Ülküm in die Rechtsprechung wiederherzustellen, nachdem Davut – und das hatte auch Ehrenberg leider nicht von ihm abwenden können – wegen eines vermeintlichen Ladendiebstahls eine Arreststrafe bekommen hatte.

»Mensch, bleib doch nicht so lange im Bad! Sonst komme ich zu spät zur Schule. Und schmier mir nicht wieder dieses ekelhafte Zeug aufs Brot!«

Charly hatte richtig schlechte Laune an diesem Morgen. »Und überhaupt, was soll dieses Zeug eigentlich sein?«, brüllte sie weiter gegen die verschlossene Badezimmertür an.

»Das ist Sanddornmarmelade, die ist sehr gesund. Und du brauchst nicht so zu brüllen, ich bin nicht taub …« Lisas Kopf erschien in der geöffneten Küchentür. Ein breites Grinsen lag auf ihrem Gesicht. Sie war bereits frisch gestylt.

Erschrocken schnellte Charlys Blick zur Badezimmertür zurück, die sich im selben Moment öffnete.

»Guten Morgen. Hast du gut geschlafen?«, fragte Ehrenberg Charly höflich. Er drängelte sich an ihr vorbei zur Küchentür und gab Lisa einen Kuss.

Charlys Laune besserte sich schlagartig. Sie folgte Ehrenberg, der ihr väterlich über das ungekämmte Haar strich, in die Küche, und schlang beide Arme um seinen rundlichen Bauch. »So, und jetzt wird gefrühstückt«, ordnete sie strahlend an. Irgendwie kapierte sie trotzdem nicht, was zwischen den beiden überhaupt abging. Mal verbrachten sie Zeit miteinander und dann wieder gar nicht. Erwachsene machten immer alles so kompliziert.

»Tut mir Leid, ich kann nicht bleiben.« Ehrenberg war schon fast wieder draußen im Flur. »Ich muss Yasmins Vater helfen. Und du musst in die Schule.«

»Aber heute Abend kommst du wieder«, schlug Charly vor, die ihre Enttäuschung kaum verbergen konnte.

»Schau'n wir mal«, entgegnete Ehrenberg und tauschte mit Lisa ein warmes Lächeln aus.

Ehrenberg konnte nicht begreifen, warum Herr Ülküm auf einen Anwalt verzichtet hatte. Er war sich ganz sicher, dass Yasmins Vater bedroht worden war. Und wenn er in Notwehr gehandelt hatte, musste er das vor Gericht zu Gehör bringen. Andernfalls entstand für den Richter der Eindruck, als ob sich Herr Ülküm an Bernd Lose für die vorausgegangenen Diebstähle gerächt hätte. Und in solch einem Fall konnte er ganz leicht mit der Höchststrafe belegt werden.

Nicht einmal die Aussicht, dass Bernd Loses Freunde sich über ihn kaputtlachen und weiter ihr Unwesen treiben würden, konnte Herrn Ülküm auch nur einen Millimeter von seinem Standpunkt abbringen. Er verweigerte jedes weitere Gespräch und ließ Yasmin und ihren Chef im Besucherraum der Haftanstalt einfach sitzen.

»Wir können jetzt nur eines tun«, sagte Ehrenberg zu Yasmin, die sehr deprimiert wirkte und an ihm vorbeistarrte, »wir müssen nachweisen, dass diese drei Kerle die Ladenbesitzer tyrannisiert haben und dass Ihr Vater in genau so einer Situation zugeschlagen hat ... Dass er aus Notwehr gehandelt hat.«

Yasmin nickte langsam, den Blick immer noch auf einen Punkt neben Ehrenberg geheftet.

»Nur, Sie müssen Ihren Vater dazu bringen, dass er mit uns kooperiert«, redete Ehrenberg energisch weiter. »Außerdem müssen Sie mit Ihrem Bruder reden und mit Ihrer Mutter. Wir müssen wissen, was sich genau abgespielt hat.« Er sah Yasmin an und wartete geduldig auf ihre Reaktion.

Als ihr die Tränen in die Augen traten, nahm er sie tröstend in den Arm.

Lisa kam eben aus dem Haus, um nebenan in dem früheren Weinladen vorbeizuschauen, als sie sah, dass Ehrenbergs Ex-Frau dort vor der Tür stand. Sie erkannte Christina, die wie immer perfekt geschminkt und frisiert war, sofort. In ihrem beigefarbenen Hosenanzug wirkte sie wie der Inbegriff der erfolgreichen, selbstsicheren Geschäftsfrau. Lisa selbst trug eine schlabberige, lange Wildlederjacke über ihrem Kapuzenpulli. Ihre braune Umhängetasche hatte sie quer über die Schulter gehängt, während ihr die blonden, locker am Hinterkopf zusammengefassten Haare strähnig ins Gesicht fielen.

»Ach«, stieß Christina hervor, als sie Lisa bemerkte, »sieht so aus, als hätten wir beide den gleichen Gedanken gehabt.«

Die beiden Blondinen taxierten sich vorsichtig.

»Aber keine Sorge«, fuhr Christina dann fort, »ich wollte nur mal wieder Buddy abholen, so lange er noch weiß, wer ich bin.«

»Und was machen wir jetzt?«, fragte Lisa. »Gehen wir beide rein? Oder wollen wir darum knobeln?« Plötzlich konnte sie der Situation eine gewisse Komik abgewinnen.

»So weit kommt's noch. Außerdem weiß ich gar nicht mehr, wie Knobeln geht.«

»Stein schleift Schere, Schere schneidet Papier, Papier wickelt Stein ein, oder so ähnlich.« Lisa konnte selbst kaum glauben, dass sie Gregors Ex-Frau gerade einen Abzählreim erklärte.

Nun musste auch Christina unwillkürlich lachen. »Ich würde sagen, wenn hier jemand was einwickelt, dann ist das Gregor … Und zwar uns.«

Lisa lugte in die dunkle frühere Weinhandlung. »Drinnen brennt kein Licht. Er scheint sowieso nicht da zu sein.«

»Na, wenn Sie so schnell aufgeben, werden Sie's bei Gregor nicht weit bringen …«

»Wer sagt Ihnen denn, dass ich es bei Gregor weit bringen

will?« Lisa war ehrlich erstaunt. Diesen Eindruck hatte sie wirklich nicht vermitteln wollen – auch Gregor gegenüber nicht. Im Moment wusste sie selbst nicht, was sie eigentlich wollte. Einerseits genoss sie es, Zeit mit Gregor zu verbringen, andererseits wurde es ihr manchmal einfach zu viel. Lisa konnte sich selbst nicht erklären, warum es ihr so sehr widerstrebte, sich auf eine neue Beziehung einzulassen. Und Gregor hatte dieses Problem vielleicht nicht. Vielleicht dachte er schon längst, dass sie etwas Ernsthaftes miteinander hätten?

»Ich hatte den Eindruck, dass Gregor davon ausgeht«, sprach Christina nun ihre Befürchtung laut aus.

»Ja, das ist wahrscheinlich das Problem: dass er einfach davon ausgeht …« Lisa seufzte.

»Das tun alle Männer, bis man sie mit der Nase draufstößt, dass dies nicht der Fall ist. Vielleicht sollten Sie Gregor aufklären, bevor es zu spät ist.«

»Wie denn? Ich muss mich schon verhaften lassen, um seine ungeteilte Aufmerksamkeit zu bekommen.«

In dem Lächeln, mit dem Christina Lisa jetzt bedachte, mischten sich Spott, Verständnis und Mitgefühl. Wobei die letzteren beiden überwogen. Dies brachte Lisa auf eine ungewöhnliche Idee. Christina Ehrenberg gehörte zu den Menschen, die Gregor am besten kannten. Sie trat einen Schritt näher. »Hätten Sie Lust, einen Kaffee mit mir trinken zu gehen?«

Die Rechtsanwältin hob die Augenbrauen. »Ich kann mir nicht vorstellen, dass das Gregor recht wäre.«

»Verstehe.« Eingebildete Ex!, schoss es Lisa durch den Kopf. Sie wandte sich zum Gehen.

»Nein, Sie verstehen nicht«, widersprach ihr Christina. »Dass unser Gespräch Gregor nicht recht wäre, macht es für mich besonders reizvoll.«

»Sind diese Typen auch bei dir gewesen?« Ehrenberg hatte wieder einmal einen seiner Lieblings-Dönerläden aufgesucht, um dort seinen Tee zu trinken. Während er an dem heißen Getränk nippte, ließ er den jungen dunkelhaarigen Mann, der hinter der Theke stand, nicht aus den Augen.

»Klar, die haben hier mal 'n Döner gegessen«, wiegelte der junge Mann ab.

»Ich will nicht wissen, was die gegessen haben, Mensch!« Ehrenbergs Teeglas landete mit einem Knall wieder auf der Theke. »Ich will wissen, ob sie dich bedroht haben!«

»Und ich habe keine Lust, darüber zu reden!« Der junge Türke schnappte sich ein Fladenbrot und begann, es mit hektischen Bewegungen zu belegen. Beim letzten Besuch von Ehrenberg, Lisa und Yasmin, als die drei den Laden schon verlassen hatten, wäre er fast bereit gewesen, doch noch zu reden. Aber mittlerweile hatte er es sich wieder anders überlegt.

Kopfschüttelnd beobachtete Ehrenberg ihn. Dass Herr Ülküm im Gefängnis saß, konnte doch nicht spurlos an dem jungen Mann vorübergehen. »Ich denke, du bist mit Yasmins Vater verwandt.«

»Ja, bin ich, na und? Willst du den Döner mit Zwiebeln oder ohne Zwiebeln?«

Ehrenberg überging die Frage. Im Moment war sein Döner nebensächlich. »Hör zu, es kann sein, dass Herr Ülküm für den Rest seines Lebens hinter Gitter geht! Um Notwehr nachweisen zu können, müsst ihr aussagen. Die Jungs werden von selber nicht den Mund aufmachen.«

Der Ladenbesitzer fluchte auf Türkisch. Dann wechselte er wieder ins Deutsche, wobei er mit der freien Hand heftig gestikulierte: »Pass auf, der Laden hier läuft sowieso beschissen. Ich kann mir das nicht leisten. Ich kann hier keinen Ärger gebrauchen, okay?« Abrupt wandte er sich wieder dem Döner zu.

Doch Ehrenberg ließ nicht locker. »Wenn Herr Ülküm verurteilt wird, dann bedeutet das für die einen Freifahrschein. Die werden sich noch schlimmer aufführen als vorher!«

»Das Problem ist doch, dass man denen nichts nachweisen kann. Dafür sind die doch viel zu clever!«, schimpfte der Ladenbesitzer zurück und fuhr im gleichen Tonfall fort: »Mit Soße oder ohne Soße?«

»Haben sie dich nun bedroht, ja oder nein?«, fauchte Ehrenberg.

Der junge Mann stöhnte unwillig und ließ die Hand, in der er den Döner hielt, sinken. »Indirekt. Die haben sich ein paar Mal hier den Bauch voll geschlagen und sich dann verpisst«, gab er entnervt zu, »ohne zu bezahlen. Die haben nie bezahlt.«

»Und was hast du dann gemacht?« Ehrenbergs Tonfall war wieder etwas sachlicher geworden und erinnerte an eine Zeugenbefragung vor Gericht.

»Beim zehnten, zwölften Mal habe ich die Polizei gerufen. Die Jungs haben einen auf naiv gemacht, haben gesagt, sie hätten bloß vergessen zu zahlen.«

»Und dann?«

»Eine Woche später waren alle vier Reifen meines Transporters platt. Und dann hat mich dieser Bernd auf der Straße blöd angelabert: Wenn ich noch mal zu den Bullen ginge, dann würde er das Gleiche mit mir machen.«

»Und dann sind sie wiedergekommen?«

»Immer und immer wieder.«

»Würdest du das auch vor Gericht aussagen?«

Ehrenbergs Frage versetzte den Ladenbesitzer erneut in panische Entrüstung. »Damit die herkommen und mich fertig machen?«

»Wenn ein paar von euch, die von diesen Typen bedroht wurden, das vor Gericht aussagen, dann kann sich das Gericht ein Bild davon machen, in welcher Notsituation sich Herr Ülküm befand. Und das ist möglicherweise seine Rettung.«

»Das könnte seine Rettung sein?«

Ehrenberg nickte ernst. »Ja, vielleicht seine Rettung …«

Dem jungen Mann war anzusehen, dass er mit sich rang. »Na gut. Aber nur, wenn du die anderen auch dazu kriegst auszusagen.«

»Wenn ich ihnen erzählen kann, dass du dabei bist, dann werden die bestimmt aussagen.«

Mit einem halbherzigen Nicken versuchte der Ladenbesitzer, sich wieder auf den Döner zu konzentrieren. »Mit Soße oder ohne Soße, jetzt?«

»Na, mit allem, wie immer!«, rief Ehrenberg, als hätte es nie einen Zweifel daran gegeben und um einiges fröhlicher als zuvor. Hoffnung macht hungrig, fand er.

Tief traurig starrte Yasmin auf den Fußboden der Kanzlei, ohne diesen wirklich wahrzunehmen. Bei ihrem letzten Besuch in der Haftanstalt hatte sie sich heftig mit ihrem Vater gestritten. Immer wieder lief die Szene vor ihrem inneren Auge ab – wie ein Film, der ständig zurückgespult wurde. »Mein Vater hat Anweisung gegeben, dass er nicht mehr geholt werden will, wenn ich ihn besuchen komme«, sagte sie nach einer Weile tonlos.

Gudrun und Ehrenberg sahen sich betreten an.

»Es gibt einige Ladenbesitzer, die aussagen wollen«, fasste Ehrenberg die Situation mit gedämpfter Stimme noch einmal zusammen. »Aber eine Ungereimtheit bleibt: Bernd Lose ist von hinten erschlagen worden und wenn wir dafür keinen einleuchtenden Grund finden, dann hat Ihr Vater ein Problem.«

»Ich begreife das nicht.« Tränen rannen der jungen Türkin über das Gesicht. Immer noch fixierten ihre Augen den

Boden. »Ich weiß, dass mich meine Familie liebt, und ich weiß, dass mein Vater mich liebt. Aber ...« Sie hielt einen Augenblick inne und dachte an den Besuch, den sie dem Laden ihrer Eltern vor wenigen Stunden abgestattet hatte. Ihre Mutter hatte ihr unmissverständlich klar gemacht, dass sich Yasmin aus der ganzen Angelegenheit heraushalten sollte. Und als Davut sich einmischen wollte, hatte ihre Mutter ihn sofort heftig unterbrochen und ihm verboten, weiterzureden. Dann hatte sie ihn in den rückwärtigen Teil des Ladens geschickt. Nach einem wütenden Streit mit ihrer Mutter war sie gegangen. »... da muss irgendwas dahinter stecken«, schluchzte sie.

»Was könnte denn der Grund dafür sein, dass Ihre Familie schweigt?«

Yasmin wusste keine Antwort auf die Frage ihres Chefs.

»Vielleicht hat Ihr Vater für einen Moment die Nerven verloren«, überlegte Ehrenberg weiter. »Diese Jungs haben geklaut wie die Raben, nicht so, dass es die Ladenbesitzer wirklich geschädigt hätte, existenziell, meine ich. Aber es hat sie verletzt. Es hat sie entwürdigt und wütend gemacht. Und da hat Ihr Vater eben zugeschlagen. Wenn diese jungen Kerle das vor Gericht aussagen und Ihr Vater weiter schweigt, dann ist das das Falscheste, was er tun kann.«

Yasmin versuchte, die Tränen auf ihrem Gesicht wegzuwischen, doch es gelang ihr nur teilweise.

»Wir brauchen ein psychologisches Gutachten, um einen Affektsturm bei Ihrem Vater nachzuweisen«, führte Ehrenberg seinen Gedankengang fort.

»Was, um Gottes willen, ist ein ›Affektsturm‹?«, schaltete sich Gudrun ein, die dem Gespräch bisher betroffen zugehört hatte.

»Ein Affektsturm liegt vor, wenn ein Gefühl so stark wird, dass man für einen Moment die Kontrolle über sich verliert«, erklärte ihr Chef. »Aber erst mal muss ich wissen, was diese

Jungs ausgesagt haben, und wenn Ihr Vater mir das Mandat nicht überträgt, dann habe ich nicht mal Akteneinsicht. Ich brauche unbedingt die Adressen dieser Kerle. Ich muss mit denen reden, und, und, und …«

»Putzt du noch bei der Polizei?« Yasmin, der erneut die Tränen in die Augen traten, wandte sich abrupt an Gudrun.

»Ja«, erwiderte diese verwundert.

»Yasmin …«, schaltete sich Ehrenberg warnend ein. »Starten Sie nicht schon wieder eine Ihrer Sonderaktionen!«

Doch die eigensinnige junge Frau ging über seinen Einwurf einfach hinweg. »Könntest du nicht …?« Sie sah Gudrun flehend an. Die Verzweiflung schwand aus ihren Augen, stattdessen glomm Tatendrang in ihnen auf. In ihrem Kopf formte sich ein Plan!

In seinem Büro arbeitete Hauptkommissar Liebert am Computer. Er war dabei, einen Bericht zu schreiben, und starrte in Gedanken versunken auf den Bildschirm. Im Mordfall Bernd Lose hatte er mit den zwei Kumpel des Toten eine Zeugenbefragung durchgeführt. Sehr gesprächig waren die beiden nicht gewesen: Der eine war sichtlich nervös, fast verschüchtert auf seinem Stuhl herumgerutscht. Der andere hingegen hatte sich betont hart und unzugänglich gegeben. Erst nachdem er den beiden mit Fragen stark zugesetzt und sie einige Male angebrüllt hatte, hatten sie zugegeben, dass sie an jenem besagten Tag zusammen mit Bernd Lose im Laden der Ülküms gewesen waren. Von dem Streit, so behaupteten Loses Freunde, hätten sie nicht viel mitbekommen, da sie sich zum fraglichen Zeitpunkt im rückwärtigen Teil des Ladens aufgehalten hätten. Als sie den Aufruhr im Laden bemerkten, hätte Bernd schon blutend am Boden gelegen. Daraufhin wären sie getürmt, hatten die beiden jungen Kerle weiter zu Protokoll gegeben.

Auf seine Frage hin, warum sie die ganze Zeit über geschwiegen und zugelassen hatten, dass die Polizei erst die falsche Person verdächtigt, ja sogar verhaftet hatte, hatten sie mit Unschuldsmienen geantwortet, sie hätten sich geschämt, weil sie derart feige davongerannt waren.

»Kommst du bitte mal eben?«, riss nun ein Kollege den Hauptkommissar aus seinen Überlegungen.

Schlecht gelaunt vor sich hin brummelnd, kam Liebert der Aufforderung nach. Er folgte dem Polizeibeamten durch ein Nebenzimmer, an einer Putzfrau vorbei, die dort vor einem Tisch stand und intensiv an einer Schreibtischlampe herumpolierte. Im angrenzenden Raum schloss er die Tür hinter sich.

Rasch blickte Gudrun zu dem Fenster hin, das die beiden Räume verband. Nur noch Lieberts obere Körperhälfte war durch die Lamellen des Rollos zu sehen, das vor der Glasscheibe hing. Sie beendete die Politur der Schreibtischlampe und putzte sich, wobei sie Liebert, der mittlerweile telefonierte, nicht aus den Augen ließ, zügig in sein Büro vor. An seinem Schreibtisch blieb sie stehen. Da lagen sie ja schon: Die Akten, die sie suchte. Sie warf einen weiteren hastigen Blick auf Liebert, der zwei Räume entfernt, mit dem Rücken zu ihr, immer noch telefonierte.

Vorsichtig öffnete Gudrun die Akten. Direkt obenauf lagen die Fahndungsunterlagen der drei Typen, gegen die sie sich kürzlich zur Wehr gesetzt hatte. Sie brachte die kleine Kamera in Position, die sie mitgebracht hatte, und fotografierte aus dem Handgelenk heraus die Unterlagen. Hoffentlich helfen die Informationen Yasmin und dem Chef weiter!, dachte sie. Als sie fertig war, ließ sie die Kamera wieder in die Tasche ihres Kittels gleiten und putzte sich zurück in das mittlere Zimmer.

»Danke, wünsche ich Ihnen auch«, drang Lieberts Stimme zu ihr hinüber. Als er den Raum betrat, widmete sich Gudrun schon wieder hingebungsvoll der Schreibtischlampe.

In der Tür seines Büros blieb der Hauptkommissar plötzlich wie angewurzelt stehen. Sein Blick war an den Akten hängen geblieben, die mitten auf seinem Schreibtisch lagen. »Frau Kowalski?« Er drehte sich langsam zu Gudrun um, die erschrocken in ihrer Bewegung erstarrte.

Er ging einen Schritt auf sie zu. »Ich wollte nur sagen: Es tut mir Leid, dass ich Sie festnehmen musste.« Man sah der Miene des Hauptkommissars an, dass er die Entschuldigung ernst meinte. »Ich bin froh, dass Sie nichts mit dem Mord an Lose zu tun haben.«

Auf Gudruns Gesicht erschien ein erleichtertes und frohes Grinsen. »Ist schon in Ordnung. Sie haben ja nur Ihre Arbeit gemacht«, erklärte sie großzügig.

»Gudrun, sind Sie verrückt?« Vorwurfsvoll sah Ehrenberg seine Putzfrau an. Vor ihm auf dem Tisch lagen die Fotos, die Gudrun von den Unterlagen in Lieberts Büro gemacht hatte.

»Ich habe sie besorgt ... Jetzt können Sie die Fotos auch angucken«, stand für Gudrun fest.

»Auch wieder wahr«, seufzte Ehrenberg.

»Die Jungs«, kam Gudrun auf die Akten zurück, »haben reihenweise Anzeigen gesammelt. Aber bei dem hier, da passt das irgendwie nicht ... Der ist eigentlich ein Schisser. Auch als die Dieter und mich in der Kneipe angegriffen haben, hatte ich das Gefühl, dem ist das eher unangenehm.« Ihr Finger wies auf das Foto eines der drei jungen Kerle, der mit Nachnamen ›Paulsen‹ hieß. Unter dem Bild waren einige Daten vermerkt und außerdem seine Fingerabdrücke abgebildet.

»Den kaufe ich mir.« Ehrenberg klang nicht nur entschlossen, er war es auch. »Danke, Gudrun«, fügte er hinzu. Wenn sie beim schwächsten Glied in der Kette ansetzten – also beim schwächsten der Mitwisser – hatten sie vielleicht eine Chance.

»Davut?« Beunruhigt lief Yasmin durch die Wohnung ihrer Eltern. Sie musste unbedingt mit ihrem Bruder sprechen, und zwar dieses Mal, ohne dass ihre Mutter sie wieder daran hinderte.

»Davut?« Sie schaute in das Zimmer ihres Bruders, doch auch hier hielt er sich nicht auf. »Davut!« Die junge Türkin kehrte zurück in den breiten Flur, dessen Wände mit Kunsthandwerk geschmückt waren. Sie hetzte vorbei an den orientalischen Wandteppichen, den kostbar verzierten Tischlampen und den Bildern, die von goldener Farbe durchwirkt waren, und rannte ins Wohnzimmer.

Dort fand sie ihren Bruder. Er hockte in einem Sessel. Sein Kopf war auf die Platte eines Tischs gesunken. Neben ihm stand eine Flasche hochprozentigen Alkohols.

Yasmin war sofort bei ihm. Sie kniete sich neben Davut auf den Boden und hob mit beiden Händen seinen Kopf hoch, sodass sie in sein Gesicht sehen konnte. Ein Paar verquollener Augen blinzelte sie müde an. Er war vollkommen betrunken.

»Komm her.« Sie packte ihren Bruder unter den Armen und zerrte ihn von seinem Sessel hoch und in Richtung des Badezimmers. Davuts Beine gehorchten ihm kaum. Widerstrebend torkelten sie über den Boden.

»Komm mit, du Arsch!«, presste Yasmin unter der Last seines Körpergewichts angestrengt hervor.

Als sie endlich das Badezimmer erreicht hatten, stellte Yasmin die Dusche an, drückte Davuts Oberkörper auf den Wannenrand und hielt dem Bruder den Duschkopf direkt über den Kopf. Als das kalte Wasser in Strömen seinen Kopf und seinen Nacken hinabzurinnen begann, wurde Davut endlich wieder aktiv.

»Was soll das? Lass mich!« brüllte er.

»Ich will endlich wissen, was los ist!«, schrie Yasmin ihn an.

»Lass mich in Ruhe!« Davut bäumte sich auf, stolperte zur Tür und fiel hin. Auf allen vieren krabbelte er weiter, zurück in den Flur.

»Was ist los, Davut?!«

»Das kann ich dir nicht sagen!« Davut war kaum zu verstehen, weil er gleichzeitig heftig zu schluchzen begann. Er blieb, dort, wo er war, sitzen, lehnte sich erschöpft an die Wand und fuhr sich mit der Hand übers Gesicht.

Angespannt hockte sich Yasmin neben ihn. »Und warum kannst du es nicht?«, fragte sie ihn leise.

»Weil ich's Papa versprochen hab.«

»Und was ist, wenn er für den Rest seines Lebens im Gefängnis bleibt? Willst du das?« Yasmins Tonfall war wieder etwas schärfer geworden. Sie konnte einfach nicht begreifen, was in Davut eigentlich vorging!

Ihr Bruder schüttelte heftig den Kopf, als hätte er einen Fieberanfall.

»Bitte, rede mit mir«, flüsterte Yasmin, der Verzweiflung nahe. Sie versuchte, ihrem Bruder in die Augen zu sehen, doch dieser hielt den Blick gesenkt.

Resignierend ließ sich Yasmin aus der Hocke auf den Boden fallen und lehnte sich mit dem Rücken an die gegenüberliegende Wand. »Ich kann mir einfach nicht vorstellen, dass Papa jemanden niedergeschlagen hat«, dachte sie laut.

»Hat er ja auch nicht.«

Überrascht blickte sie auf. »Was meinst du damit?«

»Ich war's.« Und ohne dass Yasmin ihn ein weiteres Mal dazu auffordern musste, begann Davut zu erzählen.

Er war im Lager gewesen und hatte neu gelieferte Kisten geöffnet, als ein Wortgefecht aus dem Laden zu ihm herübergedrungen war. Eilig war er in den Laden zurückgegangen, um nachzusehen, was los war. Dort hatte er gesehen, dass sein Vater von einem jungen Schläger mit einem Messer bedroht und dabei wüst beschimpft wurde. Aus den Augenwinkeln hatte Davut bemerkt, dass an der Tür zwei weitere Typen standen. Einer von ihnen machte ein aggressives Gesicht, während der andere eher ängstlich wirkte. Davut hatte nicht lange überlegt. Neben ihm hatte sich ein Stapel Konservendosen befunden ... Er griff nach einer der Dosen und zog sie dem Schläger über ... Der ging zu Boden ... Sein Kopf schlug auf den Fliesen auf ... Plötzlich war Blut auf dem Boden ... Die anderen beiden Typen rannten in Panik davon ...

Eine Weile saßen sich Bruder und Schwester schweigend gegenüber.

Dann fragte Yasmin behutsam: »Und das alles hast du für dich behalten?«

»Was hätte ich denn sonst machen sollen?«, fragte ihr Bruder verzweifelt zurück.

»Davut, du hast zugelassen, dass sie Papa in den Knast stecken!«

»Er hat gesagt, ich soll verschwinden und alles ihm überlassen!«

»Na toll, wie bequem!«, rief sie zornig aus.

Dann schwiegen sie wieder hartnäckig.

»Du weißt genau, warum er das gemacht hat«, sagte Davut schließlich.

»Klar weiß ich das. Aber warum du es zugelassen hast, das musst du mir erst mal erklären.« Yasmin sprang auf. »Los, komm.« Sie zog ihren Bruder auf seine wackligen Beine.

»Wohin?«, protestierte der schwach.

»Das wirst du gleich sehen.«

Erschöpft lehnte sich Ehrenberg in seinem Bürostuhl zurück. Was er soeben gehört hatte, rückte den Fall in ein völlig neues Licht. Sein Blick ruhte auf Dirk Paulsen der ihm am Schreibtisch verängstigt gegenübersaß.

Ehrenberg hatte den jungen Mann in die Kanzlei bestellt und mit strenger Miene darüber aufgeklärt, dass er vor Gericht wegen uneidlicher Falschaussage belangt werden könnte und, überhaupt, dass er, sollte er weiterhin schweigen, es mit ihm zu tun bekommen würde, dem Anwalt der Familie Ülküm.

Diese Drohung hatte recht schnell Wirkung gezeigt, obwohl es Dirk Paulsen einiges an Überwindung gekostet hatte, die ganze Wahrheit zu erzählen.

Und die Wahrheit war, dass Herr Ülküm unschuldig im Gefängnis saß. Die Wahrheit war weiter, dass Bernd Lose dem wehrlosen Lebensmittelladenbesitzer ein Messer an die Kehle gehalten und diesen massiv bedroht hatte – und zwar nachdem Herr Ülküm ihn wiederholt aufgefordert hatte, das Geschäft zu verlassen. Ursprünglich war es der Gang nur darum gegangen, ein paar Dosen Cola zu stehlen. Aber Bernd Lose hatte wie so oft außerdem Ärger gesucht, jemanden, an dem er seinen Frust abreagieren konnte. Der Streit mit Herrn Ülküm war ihm gerade recht gekommen. Um seinem Vater beizustehen, hatte Yasmins Bruder Davut Bernd Lose daraufhin mit einer Konservendose von hinten niedergeschlagen. Die zwei anderen Gangmitglieder hatten danach sofort das Weite gesucht und erst am nächsten Morgen von Bernds Tod erfahren. Sie hatten es nicht gewagt, das, was wirklich geschehen war, der Polizei zu erzählen.

Ehrenberg beschloss, sämtliche in den Fall unmittelbar involvierten Personen augenblicklich in dem früheren Weinladen zusammenzutrommeln. Yasmin hatte ihren Bruder ohnehin zu dem Anwalt bringen wollen. Es dauerte nicht lange, bis auch Hauptkommissar Liebert in der Kanzlei erschien. Schweigend hörte er sich Davuts stockendes Geständnis und Ehrenbergs Bericht an.

»Bevor ich das glaube, will ich mehr Details.« Der Hauptkommissar sah Dirk Paulsen, der verstört schwieg, durchdringend an. Dann wanderte sein Blick weiter zu dem Geschwisterpaar Ülküm, das ihm gegenüberstand.

»Ich denke, Sie werden mildernde Umstände bekommen.« Ehrenberg nickte Davut, dem Yasmin immer wieder tröstend über den Arm strich, aufmunternd zu.

Liebert tat einen theatralischen Seufzer: »Ihnen ist schon klar, dass Sie mir gerade meinen Feierabend versaut haben?«

»Sie tun mir so Leid«, erwiderte Ehrenberg sarkastisch.

»Ich würde vorschlagen, Ihr Mandant kommt jetzt gleich mit aufs Revier und gibt das zu Protokoll, was er uns eben erzählt hat«, sagte der Hauptkommissar.

»Ich weiß ja nicht mal, ob er mein Mandant ist.« Ehrenberg wandte sich an Davut. »Sind Sie mein Mandant?«

»Ja«, kam prompt Yasmins Antwort.

Misstrauisch musterte Davut Ehrenberg und den Hauptkommissar, bevor er der Antwort seiner Schwester hinzufügte: »Klar. Schlimmer wird's ja ohnehin nicht mehr werden.«

»Also, dann los«, sagte Liebert. Die Aufforderung genügte, um Dirk Paulsen von seinem Stuhl aufzuscheuchen. Alle wollten zur Ladentür gehen.

Doch plötzlich stöhnte Ehrenberg auf und taumelte zurück in seinen Bürostuhl. Er atmete schwer.

»Was ist los mit Ihnen?«, fragte Yasmin, die schnell zu ihm geeilt war, erschrocken.

»Ist Ihnen nicht gut?«, wollte nun auch Liebert wissen, der sich besorgt zu ihm umdrehte.

Doch Ehrenberg wich mit einer Gegenfrage aus: »Was ist, wollen wir nicht endlich gehen?«

»Ja, aber ohne Sie«, ordnete Liebert an. »Sie gehören ins Bett.«

Ehrenberg lockerte seine Krawatte, um etwas freier atmen zu können. Es ging schon wieder. »Wenn Sie glauben, dass ich Ihnen meinen Mandanten zum Fraß vorwerfe«, widersprach er dem Kripobeamten, »dann haben Sie sich aber getäuscht.«

Liebert runzelte die Stirn. »Vor zwei Minuten haben Sie noch nicht einmal gewusst, dass Davut Ülküm Ihr Mandant ist.«

»Aber jetzt weiß ich es. Und jetzt ziehen Sie sich warm an.« Mit Schwung drückte sich Ehrenberg aus seinem Bürostuhl hoch. Die anderen machten ihm Platz, als er ihnen, wenn auch etwas schwerfällig, zur Ladentür voranschritt.

Yasmin, ihr Vater und ihre Mutter saßen dicht aneinander gedrängt in der ersten Reihe des Zuschauerraums. Ihre Mienen waren nervös und angespannt. Auf der Zeugenbank des Gerichtssaals hatten die beiden Typen Platz genommen, die zusammen mit Bernd Lose das Viertel unsicher gemacht hatten: Der eine hatte sich breitbeinig zurückgelehnt, der andere hielt beschämt den Kopf gesenkt. Hinter den Ülküms saß Gudrun. Ihr Blick wanderte weiter zu Ehrenberg und dann zu Davut, der neben seinem Anwalt saß.

Die Inhaftierung von Davut und die Entlassung seines Vaters waren zügig vonstatten gegangen. Im Besucherraum des Gefängnisses hatten sich die beiden kurz gesehen. Im Beisein von Yasmin und Ehrenberg hatte Herr Ülküm einige Worte auf Türkisch zu seinem Sohn gesagt. Ehrenberg hatte lediglich Davuts Antwort verstanden, da dieser auf Deutsch erwidert hatte: »Besser, als wenn sie dich fertig machen.« Der Vater hatte den Sohn daraufhin herzlich umarmt. Seine Tochter hingegen hatte Herr Ülküm lediglich mit einem langen, enttäuschten Blick bedacht, bevor er den Besucherraum verlassen hatte. Die arme Yasmin!, dachte Ehrenberg. Er nickte Gudrun, die ihn immer noch forschend betrachtete, zuversichtlich zu und bemühte sich nach Kräften, frisch und ausgeruht zu wirken. Doch in Wahrheit fühlte er sich müde und ausgelaugt.

»Der Herr Anwalt hat uns gerade auf sehr rührende Weise klar zu machen versucht, wie die Ladenbesitzer von Bernd Lose, dem späteren Mordopfer, und seinen Freunden bedroht wurden. Doch nach dem, was ich eben hier gehört habe, ging es bei dem fraglichen Streit lediglich um ein paar Büchsen Cola.« Der Staatsanwalt sah sich, selbstgefällig nach Zustimmung suchend, im Gerichtssaal um. »Was hier verhandelt wird, ist ein Fall von Selbstjustiz.«

»Jetzt hören Sie doch auf von Selbstjustiz zu reden«, protestierte Ehrenberg energisch. »Hier liegt eindeutig ein Akt der Notwehr vor!«

»Das Gesetz gestattet Selbstverteidigung nur, wenn eine Gefahr für Leib und Leben abgewehrt werden muss. Das war hier aber nicht der Fall. Ja, es hat einen Angriff mit einer Waffe gegeben ... Aber nicht gegen den Angeklagten!«

Der Richter lauschte aufmerksam dem Wortwechsel von Staatsanwalt und Verteidiger. Im Zuschauerraum herrschte eine angespannte Stille.

»Davut Ülküm wäre, im Gegensatz zu seinem Vater, durchaus in der Lage gewesen, den Angreifer davon zu überzeugen, dass er seine Waffe fallen lassen soll. Stattdessen hat er einfach zugeschlagen. Ich unterstelle ihm dabei nicht die Absicht, zu töten, wohl aber, die nachhaltige Schädigung des Opfers in Kauf zu nehmen. So ist das Ganze als schwere Körperverletzung mit Todesfolge anzusehen. Ich fordere eine Strafe von drei Jahren Freiheitsentzug, die nicht zur Bewährung ausgesetzt wird.« Der Staatsanwalt setzte sich und griff ruhig nach dem Wasserglas, das vor ihm auf dem Tisch stand.

»Herr Anwalt?« Der Richter schaute Ehrenberg fragend an. Sämtliche Augenpaare im Gerichtssaal wandten sich von dem Staatsanwalt ab und dem Verteidiger zu. Für einen Moment schien es, als hätte der Rechtsanwalt nicht gehört, was der Richter gesagt hatte, und als würde er die erwartungsvollen Blicke, die auf ihm ruhten, ebenfalls nicht bemerken.

Dann erhob sich Ehrenberg langsam. »Hohes Gericht«, begann er recht leise, »wir haben von den Zeugen in eindrucksvoller Weise gehört, wie die drei jungen Männer die Altonaer Geschäftsleute seit Monaten drangsaliert und bedroht haben.« Er räusperte sich und seine Stimme hatte an Eindringlichkeit gewonnen, als er fortfuhr: »Der Staatsanwalt spricht von Colabüchsen. Ja, wie, halte ich für eine Colabüchse jemandem ein Messer an die Kehle?«

Der Staatsanwalt blickte etwas unangenehm berührt zur Seite.

»An jenem Abend haben die drei jungen Burschen wieder einmal den Laden der Ülkums aufgesucht. Mein Mandant, Davut Ülküm, befindet sich im Lager hinter dem Geschäft. Er hört den Streit, die Auseinandersetzung zwischen seinem Vater und den drei jungen Männern. Er kommt nach vorne –«, mitten im Satz unterbrach Ehrenberg sich selbst. »Man muss sich das mal vorstellen: Ich komme in einen Raum und dort hält jemand meinem Vater ein Messer an die Kehle! Das ist mindestens ebenso traumatisch, als würde sich das Messer an meiner eigenen Kehle befinden. Ja, es ist sogar noch viel traumatischer! Mein eigenes Leben, das kann ich riskieren, das meines Vaters aber, das kann ich nicht riskieren. Davut Ülküm ist der Einzige im Laden, der diese unerträgliche Situation beenden kann.«

Im Gerichtssaal war es so still, dass man eine Stecknadel zu Boden hätte fallen hören.

»Davut Ülküm kommt nach vorne«, begann Ehrenberg noch einmal, wieder an seine eigentliche Rede anknüpfend. »Und jetzt, Herr Staatsanwalt, bleibt doch keine Zeit für rationale Überlegungen. Da schreit es nur in ihm: ›Lass es nicht zu! Lass es nicht zu, dass der Vater getötet wird.‹ Selbstverständlich liegt ein Akt der Notwehr vor.«

Davuts schmerzhaft verzerrtes Gesicht ließ vermuten, dass er die Situation tatsächlich genauso erlebt hatte.

»Nun haben die beiden, Vater und Sohn, versucht, die Spur, die zu ihnen führte, zu beseitigen«, fuhr Ehrenberg fort, »und sie haben geschwiegen. Sie, Herr Staatsanwalt, legen das als ein Schuldeingeständnis aus. Ich sage Ihnen jedoch, was das wirklich war: Es war ein maßloses Erschrecken über das, was geschehen war. Es war eine Panikreaktion. Sehen Sie, mein Mandant hat vor gar nicht so langer Zeit für etwas, das eigentlich ein Missverständnis war, eine für sein Empfinden viel zu hohe Strafe bekommen. Das mag uns lächerlich erscheinen. Aber ich weiß, dass genau das seinen Glauben und den seines Vater in unsere Gerechtigkeit, in unser Rechtssystem erschüttert hat.« Er machte eine Pause, um seine Worte auf die Anwesenden wirken zu lassen. »Als nun aufgedeckt wurde, was in dem Laden geschehen ist, hat Davuts Vater die Schuld für den Tod von Bernd Lose auf sich genommen, um seinen Sohn zu schützen. Wenn mein Mandant und sein Vater also versucht haben, die Situation zu verschleiern, wenn sie geschwiegen haben, dann war das kein Schuldeingeständnis. Sie handelten vielmehr so, weil sie weder Ihnen, Herr Staatsanwalt, noch Ihnen, Herr Richter, nicht einmal mir zugetraut haben, dass wir die Situation richtig und gerecht beurteilen.«

Betroffenheit machte sich auf den Gesichtern der Zuschauer breit.

»Aber ich glaube«, Ehrenberg drehte sich Frau und Herrn Ülküm zu, »dass Sie uns da unterschätzen. In diesem Raum geht es um Rechtsprechung, um Gerechtigkeit … Und wir, die wir diesen Beruf gewählt haben, haben uns verpflichtet, der Gerechtigkeit zu dienen.« Ehrenberg wandte sich wieder an den Richter. »Ich bitte Sie, meinen Mandanten freizusprechen.«

Wieder legte sich Stille über den Gerichtssaal.

»Haben Sie noch etwas zu sagen?«, sprach der Richter schließlich Davut an.

Dieser schüttelte stumm den Kopf.

»Dann zieht sich das Gericht zur Beratung zurück.« Der Richter, seine Beisitzer und die Schöffen erhoben sich und verließen den Saal.

Es dauerte recht lange, bis sie wieder zurückkehrten, um das Urteil zu verkünden. Offenbar hat es sich das Hohe Gericht mit seiner Entscheidung nicht leicht gemacht, dachte Ehrenberg und schaute besorgt zu Davut, der bleich und still neben ihm saß. Alle Anwesenden erhoben sich.

»Im Namen des Volkes ergeht folgendes Urteil ...«

Es schien, als hielte der gesamte Gerichtssaal den Atem an.

»... der Angeklagte wird freigesprochen.«

Davut brauchte einen Moment, um zu begreifen, dass er nun tatsächlich ein freier Mann war. Dann erhellte ein strahlendes Lächeln sein Gesicht. Man konnte förmlich sehen, wie ein unsichtbares Gewicht von seinen Schultern fiel.

Seine Eltern und Yasmin fielen sich auf der Zuschauerbank erleichtert in die Arme.

»Zur Begründung des Urteils möchte ich ausführen«, fuhr der Richter fort, als sich die Anwesenden wieder ein wenig gefangen hatten, »dieses Gericht möchte unter keinen Umständen, dass der Eindruck entsteht, es gebe Freiräume, in denen Einzelpersonen oder Familien sich ihr Recht selber machen und auch gleich noch durchsetzen können. Der Staat hat das alleinige Gewaltmonopol, daran ist nicht zu rütteln. Einzige Ausnahme ist eine Notwehrsituation, eine Situation, in der der Einzelne eine Gefahr für Leib und Leben abwehren muss.« Damit war die Verhandlung geschlossen.

Herr Ülküm nahm den Anwalt seines Sohnes, der zugleich der Arbeitgeber seiner Tochter war, kurz beiseite.

»Danke«, sagte er und schüttelte Ehrenberg gerührt die Hand, um mit einem kleinen Lächeln hinzuzusetzen: »Und ich bin sehr froh darüber, dass meine Tochter bei Ihnen arbeitet.«

Mit einem klatschenden Geräusch landete ein weiterer Prospekt auf Ehrenbergs Schreibtisch. Er zeigte sich völlig unbeeindruckt und sah die drei Frauen, die mit verschränkten Armen um ihn herumstanden, desinteressiert an. »Was soll das sein?«

»Reiseprospekte«, sagte Lisa kokett lächelnd.

»Kataloge«, ergänzte Yasmin mit dem gleichen Lächeln auf den Lippen.

Ehrenberg verstand nicht recht. »Kataloge für was?«

»Du fährst in den Urlaub«, erklärte Lisa und wippte angespannt auf ihren Füßen vor und zurück. »Wir haben es beschlossen!«

»Tatsächlich? Das wüsste ich aber«, brummte Ehrenberg nur.

»Ich habe euch ja gleich gesagt, dass er so reagiert.« Gudrun warf Yasmin und Lisa einen viel sagenden Blick zu.

»Ja, weil er glaubt, dass er damit durchkommt«, bemerkte Yasmin.

»Kommt er aber nicht«, nickte Lisa bekräftigend.

»Lisa, willst du mich etwa loswerden?«, fragte Ehrenberg pikiert.

»Quatsch«, schalt diese ihn, »du bist überarbeitet und das weißt du selbst.«

»Wir können ihn ja nicht zwingen.« Gudrun wiegte den Kopf.

»Da wäre ich mir nicht so sicher.« Yasmin schien schon wieder einen Plan zu haben.

»So ist's recht, tut einfach so, als wäre ich gar nicht da«, fauchte Ehrenberg.

Yasmin grinste ihm frech ins Gesicht. »Das ist genau der Zustand, den wir gerne hätten.«

»Du könntest ihn doch um eine Gehaltserhöhung angehen«, schlug Lisa Yasmin vor.

»Ja, und du könntest ständig um ihn herumsaugen«, meinte Yasmin zu Gudrun. »Das würde ihn eine Woche Mallorca mit ganz anderen Augen sehen lassen.«

»Und ich könnte argumentieren«, fiel Lisa da ein. »Frauen, die argumentieren, können Männer in den Wahnsinn treiben.« Und schon fing sie mit dem Argumentieren an: »Warst du schon mal im Urlaub, seit du die Kanzlei aufgemacht hast?«

»Nein, war ich nicht ...« Ein bedrohlicher Unterton schwang in Ehrenbergs Stimme mit.

»Und in der alten Kanzlei? Wann hast du da das letzte Mal Urlaub gemacht?«

Ehrenberg überlegte. Über seine alte Kanzlei hatte er selbst gerade nachgedacht: Im Park vor dem Gerichtsgebäude war ihm zufällig Martin Brüggmann begegnet, der »Angestellte meiner Ex-Frau«, wie er ihn begrüßt hatte. »Sozius, Herr Kollege, Sozius«, hatte Brüggmann ihn korrigiert. »Und das nicht mehr lange.« Doch bevor Brüggmann den Grund dafür nennen konnte, war Christina auch schon herbeigeeilt und hatte ihren Sozius geschäftig in das Gerichtsgebäude geführt. Was war eigentlich um ihn herum los?

»Ich brauche keinen Urlaub, ich brauche Ruhe!«, grollte Ehrenberg schließlich. »Was kann ich tun, um euch loszuwerden?«

Lisa triumphierte. »Zumindest einen Blick in die Kataloge werfen.«

»In Katalogen blättern macht Spaß«, fand Yasmin.

»Vorfreude ist die schönste Freude«, erinnerte ihn Gudrun.

»Schauen Sie sich jetzt endlich einen der Prospekte an,

sonst hole ich den Staubsauger!«, drohte Gudrun, als sie Ehrenbergs unwilligen Blick auffing.

»Ist ja gut. Nicht so hektisch«, beschwerte sich dieser, als die drei Frauen nun rasch nach den Katalogen griffen und ihm gleichzeitig Bilder von sonnenbeschienenen Meeren und traumhaft schönen Stränden unter die Nase hielten.

Südseeträume

»Er hat gesagt, ich brauche nur ein bisschen Ruhe«, berichtete Ehrenberg von dem Arztbesuch, den er eben absolviert hatte. In Wirklichkeit hatte ihm sein Hausarzt Urlaub verschrieben, Faulenzen, viel Schlaf und all diesen Luxus, den er sich als selbstständiger Anwalt gar nicht leisten konnte. »Gregor, wenn du wirklich so unersetzlich bist, dann sorge dafür, dass du nicht ersetzt werden musst«, hatte der Rat von Dr. Wilhelmy, dem Mediziner seines Vertrauens, gelautet.

Gudrun holte ihn wieder in den Alltag der Kanzlei zurück. »Ruhe kriegen Sie hier aber nicht«, sagte sie. Mit einem Arm griff sie in ein Fach des Regals, das sie gerade abstaubte, und schob mit voller Absicht die darin stehenden Bücher über die Kante, sodass sie unsanft auf dem Boden landeten.

»Auf Mallorca können Sie sogar jetzt schon baden«, versuchte Yasmin, die eifrig einen Katalog studierte, ihrerseits Ehrenberg zu überreden.

»Mir reicht meine Badewanne«, begann dieser sich wieder aufzuregen. »Und jetzt brauche ich wirklich Ruhe, aber für meine Arbeit.«

Das Klingeln eines Telefons zog für einen Moment die gesamte Aufmerksamkeit auf sich.

Yasmin nahm das Gespräch entgegen. »Kanzlei Ehrenberg«, sagte sie in den Hörer und sprach, ohne abzuwarten, wer sich meldete, weiter: »Die Kanzlei ist zurzeit leider wegen Urlaubs geschlossen. Bitte hinterlassen Sie eine Nachricht nach dem Signalton.« Sie blickte Ehrenberg fest in das puterrote Gesicht, während sie, ohne mit der Wimper zu zucken, hinzufügte: »Piep.«

»Das glaube ich einfach nicht …«, flüsterte ihr Chef ungläubig vor sich hin. Mit einem Mal sprang er auf. Er explodierte förmlich. »Wagen Sie es ja nicht noch einmal …!«, brüllte er und gestikulierte wütend in Yasmins Richtung. »Was haben Sie für eine Aktion veranstaltet, um uns Mandanten an Land zu ziehen. Und jetzt sagen Sie einfach ab?« Der Schweiß stand ihm auf Stirn und Wangen.

Er rettete sich zum Kühlschrank, der neuerdings mit Ansichtskarten behängt war – die allesamt paradiesische Strände und sonstige Urlaubsmotive zeigten! »Ich fass es einfach nicht!«

Als Ehrenberg die Tür aufgerissen hatte, musste er feststellen, dass der Kühlschrank bis obenhin mit tropischen Früchten und Säften voll gestopft war.

Noch wütender drehte sich zu Yasmin um. Aber dort, wo eben noch seine Assistentin gestanden hatte, befand sich nun ein riesiges Plakat auf vier Beinen, das eine Hängematte unter Palmen zeigte. Plötzlich konnte sich Ehrenberg nur mit Mühe das Lachen verkneifen. Er fing sich aber sofort wieder. »Ich fahre nicht in den Urlaub!«, rief er noch einmal unnachgiebig. »Da könnt ihr Kopf stehen und mit den Beinen kreiseln!«

Das Plakat verschob sich etwas nach unten. Hinter der Strandansicht kamen die Köpfe seiner beiden Mitarbeiterinnen zum Vorschein.

»Und wir sorgen dafür, dass Sie in den Urlaub fahren!«, widersprach Yasmin heftig.

Gudrun pflichtete ihr bei: »Da können *Sie* Kopf stehen und mit den Beinen kreiseln!« Sie musste ein wenig grinsen. »Das würde ich gern mal sehen«, raunte sie Yasmin zu.

»Ich auch«, kam es leise kichernd zurück.

»Sie beide gehen jetzt sofort an Ihre Arbeit!« Ehrenberg kam drohend auf die zwei Frauen zu. »Sonst suche ich mir neues Personal! Außerdem, wenn Sie mich ärgern, ist das meiner Gesundheit ganz und gar nicht zuträglich.« Nach dieser Bemerkung kehrte er hinter seinen mit Akten beladenen Schreibtisch zurück.

In stummem Einvernehmen nickten sich Yasmin und Gudrun zu und hängten das Plakat gemeinsam am nächsten Regal auf, und zwar so, dass ihr Chef von seinem Schreibtisch aus partout nicht daran vorbeisehen konnte. Dabei summte Gudrun einen schmalzigen Ohrwurm, der verdächtig nach Sommerhit klang.

Es gab einen beachtlichen Knall, als Ehrenberg mit einem Stapel Akten auf die Tischplatte schlug. »Gudrun!«, brüllte er außer sich. »Hören Sie auf damit!«

Stur summte Gudrun weiter.

»Gudrun!!«

Seine Putzfrau ließ ihre Ecke des Plakats los und drehte sich aufgebracht um. »Wenn Sie irgendwann …«, schimpfte sie und suchte nach dramatischen Worten, »… tot umfallen und auf dem Boden liegen, dann …, dann … wisch ich einfach um sie herum.«

Ehrenberg und die beiden jungen Frauen starrten sich feindselig an.

Die Tür ging auf und Lisa kam herein.

»Lisa«, rief Ehrenberg erleichtert, »du bist meine Rettung.« Er stand auf und eilte ihr entgegen. »Lass uns irgendwo hingehen, möglichst weit weg von hier.«

»Mallorca!«, ertönte es zweistimmig hinter ihm.

»Das ist alles übertrieben«, erklärte Ehrenberg Lisa wenig später. »Mir geht es hervorragend. Hmmm …«, bemerkte er sogleich demonstrativ, aber vor allem auch, weil ihm das

Essen schmeckte, das sie von Luigi serviert bekommen hatten. »Und was soll ich zwei Wochen lang auf einer Insel tun?«

»Es würde dir gut tun. Mallorca ist wunderschön, besonders um diese Jahreszeit, und …«

»Du, das muss ich Charly auch mal machen«, fiel Ehrenberg ihr ins Wort und rührte eifrig in seinem Nudelgericht, »dann isst sie nicht immer nur Tomatensauce. Hättest du da nicht auch Spaß dran? Spaghetti mit Rucola?«

Lisa, die ihr Essen kaum angerührt hatte, sah Ehrenberg zögernd an. Sie war nicht gerade erbaut über den raschen Themenwechsel.

»Wir könnten ja mal einen Kurzurlaub machen, an der Nordsee«, schlug Ehrenberg vor. Als Lisa nicht reagierte, schmiedete er einfach weiter Pläne: »Oder lieber an der Ostsee?«

»Ich halte das für keine so gute Idee.«

»Wieso nicht?«

»Weil … du brauchst Ruhe«, meinte Lisa ein wenig bedrückt. »Und außerdem … wir …«

»Schmeckt's dir nicht?«

»Doch, doch …«

»Sollen wir dir was anderes bestellen?«

»Nein, nein …«

»Luigi!«

Lisa stützte frustriert den Kopf in ihre Hände. Kaum zu glauben, wie schwierig es war, mit jemandem ein ernsthaftes Gespräch anzufangen, der immer wieder auf Nudeln auswich, um genau das zu verhindern.

Einige Sekunden später stand der Besitzer des Restaurants am Tisch. Er sah sehr besorgt aus.

»Ist irgendwas?«, fragte Ehrenberg ihn sofort.

»Die haben mir schon wieder die Miete erhöht. Außerdem ist da ein Neuer im Gesundheitsamt, der macht mir die

Hölle heiß mit den ganzen Auflagen. Können Sie da nicht etwas machen, Dottore?«

»Da müsste ich die Unterlagen einsehen.«

»Si, si.«

»Aber nicht heute«, mischte sich Lisa ein.

»Nicht heute«, gab ihr Begleiter an Luigi weiter.

»Va bene. Grazie, Dottore.« Der Restaurantbesitzer lächelte, erfreut über die rechtliche Unterstützung, die Ehrenberg ihm in Aussicht gestellt hatte, und ließ das Paar wieder allein.

»Du kannst es nicht lassen, hm?«, kommentierte Lisa.

»Was?«

»Dich um alles zu kümmern, dich überall einzumischen, anderen zu helfen.«

»Ist da was falsch dran?«

»Nein.« Lachend schüttelte Lisa ihren langen blonden Pferdeschwanz. Aber seine Frage ging komplett an dem vorbei, was sie eigentlich sagen wollte. »Weißt du was? Fahr zwei Wochen lang nach Mallorca und kümmere dich einfach einmal nur um dich selbst.« Dann widmete auch sie sich endlich ihrer warmen Mahlzeit.

Gebieterisch stand die elegante, perfekt geschminkte Frau inmitten des ehemaligen Weinladens. Ihre Augen blitzten Yasmin feindselig an. »Was soll das heißen, Dr. Ehrenberg ist krank?«, fauchte sie. »Ich habe gestern mit ihm gesprochen. Er hörte sich überhaupt nicht krank an.«

»Ja … das ist gestern Abend ganz plötzlich passiert«, schwindelte Yasmin für die gute Sache. »Ich wusste nicht, dass Sie einen Termin bei ihm hatten. Sonst hätte ich Ihnen natürlich abgesagt. Tut mir Leid.«

»Halten Sie mich eigentlich für blöde?«, gab die Frau empört zurück. »Ich merke, wenn jemand versucht, mich abzuwimmeln. Sie lügen doch!«

»Und Sie gehen jetzt!« Schwungvoll öffnete Yasmin die Ladentür.

»Das ist eine Unverschämtheit!« Mit hoch erhobenem Kopf wollte die Frau die Kanzlei verlassen, doch in der geöffneten Tür begegnete ihr Ehrenberg.

»Sie brauchen sich gar nicht an mir vorbeizuquetschen«, bemerkte sie schnippisch zu ihm. »Der Anwalt ist krank.«

»Ich bin der Anwalt«, stellte Ehrenberg sich vor, »und ich bin keineswegs krank! Kommen Sie bitte rein.« Während er und die potenzielle Mandantin in den rückwärtigen Teil der Kanzlei gingen, warf er seiner Assistentin einen verärgerten Blick zu.

Wenig später brachte Yasmin eine Kanne mit Kaffee zu seinem Schreibtisch, wo er und die Besucherin – diese hatte sich mittlerweile als Frau Gretzke vorgestellt – Platz genommen hatten. Sie schüttete Frau Gretzkes Tasse so voll, dass der Kaffee prompt überschwappte und sich auf die Untertasse ergoss. Danach ignorierte sie die Tasse, die ihr Chef ihr entgegenstreckte, und marschierte zurück in die Küche.

»Und dann ist ihr Mann ab in die Karibik?«, knüpfte Ehrenberg, der seine leere Tasse wieder auf dem Tisch abstellte, dort an, wo das Gespräch von Yasmin unterbrochen worden war.

»Ja. Ich war von vorneherein dagegen. Aber mein Mann hat mir keine Ruhe gelassen. Er wollte unbedingt zum Tauchen. Das hat er nun davon.«

»Aber Sie sind nicht mitgefahren?«

»Meinen Sie, ich zwänge mich freiwillig in einen Taucheranzug?«, erwiderte Frau Gretzke und strich eine imaginäre Falte in ihrem perfekt sitzenden grauen Kostüm glatt. »Wie sieht denn das aus?«

Ehrenberg zog es vor, diese Bemerkung nicht zu kommentieren.

»Und irgendjemand muss sich ja um die Firma kümmern.

Wenn man selbstständig ist, kann man es sich nicht leisten, einfach wegzufahren. Urlaub machen, krankfeiern – das ist was für Angestellte.« Abschätzig betrachtete sie Yasmin, die in diesem Moment mit einem Glas Wasser aus der Küche zurückkehrte und es vor Ehrenberg abstellte. »Ich weiß, warum unser Geschäft schon so lange so gut dasteht«, fuhr Frau Gretzke unterdessen fort. »Und wenn ich meinen Mann in den Urlaub begleitet hätte, wäre ich jetzt wahrscheinlich auch tot …«

»Haben Sie das gehört, Yasmin?«, wandte sich Ehrenberg an seine Assistentin, die mit einer Dose Vitamin-Brausetabletten hantierte. »So viel zum Thema Urlaub.«

Mit einem Platsch, der Tropfen in alle Richtungen stieben ließ, landete eine der Brausetabletten in dem Wasserglas. Unter Ehrenbergs argwöhnischem Blick begann die Tablette sofort, zischend zu zerfallen.

»Aber ich verstehe immer noch nicht, was Sie von mir wollen.« Ehrenberg schaute wieder seine Besucherin an. »Geht es um eine Erbschaft?«

Frau Gretzke sah Yasmin entrüstet hinterher, bevor sie antwortete: »Mein Mann hatte nichts zu vererben. Das Geld habe ich in die Familie gebracht und ich habe es auch vermehrt.« Stolz schwang in ihrer dunklen Stimme mit. In einem sachlichen Tonfall fuhr sie fort: »Die Behörden da drüben haben den Tod meines Mannes anhand von Indizien festgestellt. Aber sie haben seinen Leichnam nicht gefunden.«

»Ich verstehe … Die Behörden weigern sich, Ihren Mann für tot zu erklären.«

»Doch, die Behörden akzeptieren das Ermittlungsergebnis. Aber deshalb tue ich das noch lange nicht. Ich bin es gewohnt, bei meinen Entscheidungen von Fakten auszugehen und nicht von vagen Vermutungen.«

»Jetzt weiß ich«, Ehrenberg hob den Zeigefinger, »Sie wollen wieder heiraten.«

»Nein, Gott bewahre. Eine Ehe reicht.« Sie seufzte theatralisch. »Ich will einfach Gewissheit haben. Deshalb habe ich einen Detektiv engagiert. Der ist für mein Geld da runtergeflogen, ist getaucht und hat nach meinem Mann gesucht. Und das Einzige, was er mir mitgebracht hat, ist das hier …« Sie schob dem Anwalt einen Plastikbeutel, der eine Armbanduhr enthielt, über den Tisch, »… und eine Rechnung über zehntausend Euro.« Neben den Beutel legte sie ein Dokument, das eine Klarsichtfolie umhüllte. Ehrenberg griff nach den Gegenständen.

»Die Uhr habe ich meinem Mann zum Hochzeitstag geschenkt«, erklärte die Besucherin, »die hat ein Taucher angeblich in zwanzig Metern Tiefe gefunden, an der Stelle, wo man das Boot meines Mannes zuletzt gesehen hatte.«

Ehrenberg ließ den Beutel mit der Uhr zwischen seinen Händen kreisen. »Ich verstehe immer noch nicht ganz, was Sie eigentlich von mir wollen …«

»Der Detektiv lügt!«, begehrte Frau Gretzke auf. »Ich habe kein Abitur. Aber ich merke, wenn mich jemand anschmiert. Der Kerl hat mich über den Tisch gezogen!«

»Aber wieso? Er hat doch was gefunden.« Widerwillig nahm Ehrenberg einen Schluck von dem prickelnden Brausegetränk.

»Ja, keine Ahnung, wo er die Uhr her hat. Das ist ganz sicher die Uhr meines Mannes. Trotzdem, der Kerl lügt«, beharrte Frau Gretzke. »Meinen Mann haben sie nie gefunden, aber Monate später seine Uhr? Da ist doch was faul! Dieser Warnke hat mich doch reingelegt. Ich glaube nicht, dass der wirklich nach meinem Mann gesucht hat. Und deswegen möchte ich meine zehntausend Euro zurück, und zwar auf Heller und Pfennig!«

»Warnke? Ist der Name des Detektivs, den Sie engagiert haben Herbert Warnke?«

»Kennen Sie ihn denn?«, fragte Frau Gretzke verblüfft.

»Ja«, nickte Ehrenberg viel sagend.

Yasmin kam erneut aus der Küche stolziert. Am Geländer der kleinen Treppe, die in den Eingangsbereich der Kanzlei hinunterführte, blieb sie stehen. Sie gab vor, in einem der Reisekataloge zu lesen.

»Dann wissen Sie ja, was für ein windiger Vogel dieser Warnke ist«, rief Frau Gretzke. »Ich habe ihn engagiert, weil er von allen, die ich angesprochen habe, den niedrigsten Tagessatz hatte. Ich konnte ja nicht ahnen, dass er ein Betrüger ist.« Sie griff nach ihrer Tasche und erhob sich.

»Also, Herr Dr. Ehrenberg, ran an die Arbeit. Ziehen Sie dem Kerl das Fell über die Ohren.« Frau Gretzke zog weitere Papiere und Zettel aus ihrer Tasche und stapelte sie alle auf dem Schreibtisch des Anwalts. »Das sind die Belege und Rechnungen, die ich von ihm bekommen habe. Rufen Sie mich an, sobald Sie etwas rausgekriegt haben.« Schon drehte sie sich um und fegte wie der Wind zur Treppe.

»Ich werde sehen, was ich für Sie tun kann, Frau Gretzke.«

An der Treppe, auf Yasmins Höhe, blieb seine Mandantin noch einmal stehen. »Und wenn ich Ihnen einen guten Rat geben darf, Herr Dr. Ehrenberg«, sagte sie verächtlich, »Sie sollten die Qualifikation Ihrer Angestellten überprüfen.«

Yasmin schnitt eine Grimasse, als Frau Gretzke den früheren Weinladen verlassen hatte. Was für eine blöde Ziege!

»Versuchen Sie doch bitte einmal etwas über den Hintergrund dieser Frau herauszufinden«, trug Ehrenberg nun seiner Assistentin auf.

Yasmin drehte sich zwar zu ihm um, vergrub ihre Nase jedoch, anstatt auf seine Bitte einzugehen, wieder tief in dem Reisekatalog.

»Yasmiee-hieen …«

Immer noch fühlte sich diese nicht im Geringsten angesprochen.

»Ich kann's auch selber machen, wenn Sie glauben, dass

das meiner Gesundheit gut tut«, bemerkte Ehrenberg sarkastisch.

Yasmin ließ den Katalog sinken. »Ihre Gesundheit …«, äffte sie ihn nach, um dann wütend hinzuzufügen: »Ihre Gesundheit ist Ihnen doch völlig egal und der Fall Gretzke auch. Unter anderen Umständen hätten Sie diese Zicke achtkantig rausgeschmissen. Aber Sie haben den Fall angenommen, um mich zu ärgern.«

Ehrenberg lachte kurz auf. »Könnte es sein, dass Sie sich zu wichtig nehmen?«

»Was man von Ihnen ja nicht behaupten kann«, kam es bissig zurück. Als ihr Chef darauf nicht antwortete, beschloss Yasmin, für einen Moment die Krallen einzuziehen. »Es gibt ein paar Leute, denen wirklich etwas an Ihnen liegt«, versuchte sie es in gedämpfterem Tonfall, »und die machen sich ernsthaft Sorgen um Sie. Und das Einzige, was Sie tun müssen, ist, für zwei, drei Wochen nach Mallorca zu fliegen. Ist das denn wirklich so schlimm?« Noch leiser und flehend setzte sie hinzu: »Nehmen Sie keine weiteren Fälle mehr an. Bitte! Machen Sie Urlaub.«

»Man könnte ja meinen, Sie wollen mich loswerden«, gab Ehrenberg gekränkt zurück. »Also gut, ich denke darüber nach, ja.«

Yasmin schaute ihn lange und forschend an. Ehrenberg bemerkte ihren Blick, reagierte jedoch nicht darauf. Sie verdrehte die Augen, wandte sich um und ging die Stufen hinunter, zurück zu ihrem Arbeitsplatz. »Sie haben es nicht anders gewollt.«

Was immer sie damit meinte, es war Ehrenberg egal. Hauptsache, sie hielt endlich einmal für eine Weile den Mund und ließ ihn in Ruhe.

Vor Lisas Wohnungstür überdachte Ehrenberg noch einmal den Vorschlag, den er ihr unterbreiten wollte. Wenn ihm

Yasmin sowieso schon keine Ruhe ließ, vielleicht konnte er ja einen kleinen Urlaub zu dritt organisieren: Lisa, Charly und er selbst. Er hoffte sehr, dass Lisa ihm zusagen würde.

Doch ihre Antwort fiel anders aus, als er es sich vorgestellt hatte. »Komm rein, ich muss sowieso mal mit dir reden«, sagte sie, nachdem er an ihrer Wohnung geklingelt hatte. Sie sah ungewöhnlich ernst und bedrückt aus.

Als sie sich am Küchentisch gegenübersaßen, wanderte Lisas Blick an ihm vorbei und ihre Hände spielten nervös mit dem Weinglas, das vor ihr stand.

»Was ist los?«, eröffnete Ehrenberg schließlich das Gespräch.

Lisa wusste nicht, wie sie anfangen sollte. »Es geht einfach nicht …«, brachte sie schließlich zögernd hervor. »Ich kann das nicht … Jedenfalls nicht so, noch nicht … Vielleicht *kann* es auch gar nicht gehen.« Sie hielt den Blick auf die Tischdecke fixiert, als stünde dort der Text geschrieben, den sie Ehrenberg vortragen wollte. »Wahrscheinlich hat das gar nichts mit dir zu tun … Das bin ich … oder die falsche Zeit … Ich weiß es auch nicht.«

Ehrenberg versuchte, sich daraus einen Reim zu machen. Aber es wollte ihm nicht recht gelingen. »Du weißt schon, dass du in Rätseln sprichst …«

Nachdem sie tief eingeatmet hatte, setzte Lisa noch einmal neu an: »Es geht so nicht weiter mit uns. Ich will einfach nicht, dass du jeden Abend in meiner Küche sitzt, wenn ich von der Arbeit nach Hause komme. … dass du immer kochst und mit Charlotte Hausaufgaben machst, das … das ist mir einfach zu eng. So war das nicht abgemacht. Wir sind einfach nicht so mir nichts, dir nichts eine Familie.«

»Ja, aber so was Ähnliches sind wir schon.«

»Gregor, es ist eine Sache, sich mit jemandem anzufreunden. Auch mit jemandem ins Bett zu gehen, sogar sich in jemanden zu verlieben. Aber es ist eine ganz andere Sache …«

»… sein Leben mit jemandem zu teilen, ja.«

»Ja.«

Es entstand eine Gesprächspause, in der Ehrenberg in ihrem angespannten Gesicht nach weiteren Erklärungen suchte. »Verstehe«, sagte er endlich. »Du willst, dass wir uns trennen?«

»Nein …«, druckste Lisa herum, »eigentlich nicht … Das heißt, vielleicht sollten wir es besser jetzt tun, bevor wir uns irgendwie verletzen. Für Charlotte ist es sowieso schon schwer genug.«

»Vielleicht sollte ich wirklich mal vierzehn Tage in Urlaub fahren, ausspannen, Mallorca … Yasmin und Gudrun würde es freuen.« Ehrenberg versuchte zu lachen, obwohl ihm gar nicht danach zu Mute war. »Vielleicht brauchen wir beide einfach ein bisschen Abstand.«

»Das hat deine Ex-Frau auch gesagt.«

Ehrenberg dachte, er hätte sich verhört. »Wer?«

»Deine Ex-Frau.«

»Du hast mit Christina gesprochen?«, fragte er fassungslos.

Erst jetzt begriff Lisa wirklich, wie sehr sie ihn damit getroffen hatte. »Ich habe sie zufällig auf der Straße getroffen, vor dem Laden. Da habe ich sie auf einen Kaffee eingeladen«, versuchte sie zu beschwichtigen.

»Du hast mit meiner Ex-Frau gesprochen? Über unsere Beziehung?« Noch immer konnte es Ehrenberg nicht glauben.

»Frauen tun so was nun einmal«, versuchte Lisa, sich zu rechtfertigen.

»Und dann hast du ihr gesagt, dass du dich von mir trennen willst?« Ehrenberg war im Begriff, richtig sauer zu werden.

»Nein, habe ich nicht«, verteidigte sich Lisa erneut. »Jetzt reg dich mal nicht so auf! Wir haben nicht über dich hergezogen, keine Sorge! Dazu haben wir dich viel zu gern. Wir haben nur über Beziehungen gesprochen, im Allgemeinen.«

»Ich fasse das nicht!«

»Was ist denn daran so schlimm?«

»Ich will das nicht! Ich will das einfach nicht!«

»Ich hab's kapiert.«

»Und dann hat Christina zu dir gesagt: ›Vielleicht braucht ihr beide einfach ein bisschen Abstand‹, oder was?«, versetzte Ehrenberg bissig.

»Ich habe gesagt, dass es mir zu eng ist. Und dann hat deine Ex-Frau gesagt, vielleicht würden wir nur ein bisschen Abstand brauchen. Das ist exakt das, was du gerade gesagt hast.«

Einen sehr langen Moment sah Ehrenberg Lisa einfach nur an. Er versuchte, gegen die Wut anzukämpfen, die in ihm hochstieg. Aber es gelang ihm nicht. Er stand auf und verließ die Küche.

Lisa starrte ihm nach. Als die Eingangstür knallend hinter ihm ins Schloss fiel, schmiss sie wütend ihr Weinglas auf den Boden, wo es in tausende von Scherben zersprang. Bittere Tränen rollten ihr über die Wangen.

Aber noch jemand anderes vergoss Tränen der Enttäuschung und der Ratlosigkeit. Bea, eine junge Nachbarin. Sie hatte das Gesicht in den Händen vergraben und schluchzte vor sich hin. Ehrenberg entdeckte sie auf der Treppe, als er in seine Wohnung hinunterstapfte.

»Hallo, Bea«, sagte er und blieb stehen.

»Hallo«, kam es schluchzend zurück.

»Ist was passiert?«

»Äh, nein …«, nuschelte das junge Mädchen mit dem kurzen dunkelblonden Pferdeschwanz und wischte sich hastig mit dem Ärmel ihrer Jeansjacke über das verheulte Gesicht.

»Genauso hört es sich an.« Ehrenberg wartete.

»Es ist wegen Papa«, begann sie zögerlich. »Der ist voll

daneben, säuft nur noch. Das hat er ja schon immer mal getan. Aber nicht so viel und nicht jeden Abend.«

Ehrenberg setzte sich neben Bea auf die Stufe.

»Er ist so anders. Er redet nicht mehr mit mir«, brach es aus Bea heraus, »er geht mir dauernd aus dem Weg. Er guckt nicht mal mehr in meine Schulhefte. Ich hatte 'ne Eins in Mathe und ihm war das völlig egal, so als ob ich ihm irgendwas getan hätte. Und wenn ich ihn dann frage, was los ist, sagt er: ›Nichts ist.‹ Aber es ist irgendwas!«

»Wahrscheinlich hat er Probleme«, vermutete Ehrenberg.

»Ja, aber was für welche? Er redet ja nicht mit mir. Wir haben uns sonst immer alles erzählt!« Bea sann eine Weile vor sich hin, bevor sie Ehrenberg mit einem Herz erweichenden Flehen in den Augen bat: »Könnten Sie nicht mal mit ihm reden?«

»Yasmin hat mir verboten, noch einen Fall anzunehmen.«

»Das ist doch kein Fall!«

»Bei mir wird immer alles zu einem Fall«, seufzte Ehrenberg, musste dann jedoch auch ein wenig lächeln. Es verhielt sich wirklich so. Oft genug weckten sogar private Sorgen den Anwalt in ihm.

Sofort fing Bea wieder an zu weinen.

Ehrenberg konnte das nicht mit anhören. Er gab nach. »Ich rede mit deinem Vater, okay?«

Bea nahm das Taschentuch entgegen, das Ehrenberg ihr reichte. »Okay …«

Die beiden Nachbarn tauschten über die Brottheke hinweg einen freundlichen Gruß aus.

»Was darf's sein?«, fragte Lothar Häckner.

»Ein Ciabatta und zwei Laugenbrezeln.« Während der Bäcker ihm die gewünschten Waren in Papiertüten verpackte, ließ Ehrenberg ihn nicht aus den Augen. »Geht's dir gut?«, erkundigte er sich schließlich beiläufig.

»Ja.« Lothar nickte etwas zu beschwingt mit dem Kopf, um glaubhaft zu klingen.

»Sieht aber nicht so aus«, widersprach ihm Ehrenberg daher prompt.

Mit der Papiertüte in der Hand hielt Lothar ganz plötzlich inne. Er überlegte, schaute dann seinen Nachbarn an und bat ihn leise: »Hast du mal fünf Minuten Zeit?«

Um ungestört miteinander reden zu können, setzten sie ihr Gespräch in der Backstube fort.

»Vielleicht will die mir ja nur einen reinwürgen«, begann Lothar, sein Problem zu erklären. Es ging um seine Ex-Frau, Beas Mutter. »Die würde alles tun, um Bea und mich auseinander zu bringen. Sie hat es niemals verkraftet, dass Bea damals nach der Scheidung bei mir bleiben wollte. Sie hat immer wieder versucht, das Kind zu sich zurückzuholen. Ich will gar nicht wissen, was sie Bea alles erzählt hat, um mich schlecht zu machen. Und jetzt das! Sitzt bei mir rum letzte Woche, zwitschert sich einen und sagt das, einfach so.«

»Was?«

»Dass Bea nicht von mir ist, dass Bea nicht meine Tochter ist!«

»Wie bitte?!«

»Und sie lacht sich halb tot dabei, dass ich die ganzen Jahre ein Kind großziehe, das gar nicht von mir ist.« Lothar schüttelte verzweifelt den Kopf. »Ich mach so einen Test … Ich muss das wissen! Ich kriege das nicht mehr aus dem Kopf raus! Kannst du dir das vorstellen, dass Bea nicht mein Kind ist?«

»Nein, Bea ist deine Tochter«, beharrte Ehrenberg ruhig, »ob mit Test oder ohne.«

»Aber wenn das jetzt stimmt …, wenn meine Ex-Frau mich all die Jahre einfach nur angeschmiert hat …« Lothar konnte sich kaum beruhigen. »Ich mach einen Test.«

»Lothar, du liebst doch deine Tochter, nicht wahr? Es ist

doch völlig egal, ob sie deine Gene hat oder nicht. Was ändert das?«

Lothar, der bei Ehrenbergs erster Frage noch eifrig genickt hatte, geriet bei der zweiten Frage wieder vollkommen außer sich. »Wie, was ändert das? Das ändert eine ganze Menge. Zum Beispiel, dass es da einen Mann gibt, der Beas richtiger Vater ist, und vor allem, dass ich überhaupt kein Kind habe!« Erschöpft machte er eine Pause, um wieder Luft zu holen, dann fuhr er leiser fort: »Wenn das stimmt ... Ich verklag die. Worauf kann ich meine Ex eigentlich verklagen?«

»Auf Rückzahlung der Unterhaltskosten. Nur, soweit ich weiß, hat deine Ex-Frau kein Geld, also kannst du nichts gewinnen«, erklärte Ehrenberg, den keines von Lothars Argumenten überzeugen konnte. Dann sagte er etwas, das Lothar verstummen ließ: »Aber wenn du gegen Beas Mutter klagst, wirst mit einiger Sicherheit deine Tochter verlieren.«

Eine ganze Weile blickte Lothar schweigend auf den von Mehlstaub bedeckten Fußboden. Ihm wurde klar, dass es ihm nicht um Geld ging.

Ehrenberg hatte gerade vergeblich versucht, Christina telefonisch zu erreichen. »So, was ist das hier?« Gestresst nahm er ein schmales, aber dickes Briefkuvert in die Hand, das ganz oben auf dem Durcheinander seines Schreibtischs lag. Er öffnete das Kuvert mit dem Brieföffner und nestelte die darin befindlichen Unterlagen heraus.

Aus dem Hintergrund beobachteten seine beiden Mitarbeiterinnen angelegentlich den Vorgang. Weder war Yasmin an den Akten interessiert, in denen sie schon seit einigen Minuten lustlos blätterte, noch fiel Gudrun auf, dass der Regalboden, den sie ebenso lange polierte, bereits unnatürlich zu glänzen begann.

»Reise für zwei Wochen nach Mallorca«, las Ehrenberg

laut vor, was in dem Anschreiben stand. Irritiert faltete er das beiliegende Ticket auseinander. »Abflug: in zwei Tagen, zehn Uhr einundzwanzig.« Nun begriff er. Langsam drehte er sich zu seinen beiden Mitarbeiterinnen um, die ihm grinsend zunickten.

Ehrenberg äffte die ironische Version eines Lachens nach. Dann feuerte er den Brief samt Flugticket in den Papierkorb.

»Ich habe dir ja gleich gesagt, das klappt nicht«, sagte Gudrun zu Yasmin. Ihre Gesichter zeigten jetzt den Ausdruck herber Enttäuschung.

»Das Ticket war teuer und man kann es auch nicht umbuchen!«, stöhnte Yasmin.

»Das müssen Sie auch nicht«, knurrte Ehrenberg und widmete sich wieder dem Chaos auf seinem Schreibtisch. »Das zahle ich schon selbst.«

»Das kommt überhaupt nicht in Frage!«, bellte Gudrun durch das offene Regalfach, das sie eben minutenlang blank geputzt hatte. »Das ist ja der Trick: Wir zahlen und Ihnen ist das so peinlich, dass Sie fliegen.«

»Ja, das ist mir peinlich. Aber Sie werden die Reise ganz bestimmt nicht bezahlen.«

Die beiden Frauen sahen sich stirnrunzelnd an: Es wurde also Zeit für Plan B. Sie stellten sich neben Ehrenbergs Schreibtisch auf und knallten zwei unterschriebene Dokumente vor ihn hin.

»Was ist das denn?«

»Unsere Kündigungen«, sagte Yasmin.

»Wie bitte?«

»Entweder Sie fliegen …«

»… oder wir kündigen«, ergänzte Gudrun, die trotz der mädchenhaften Zöpfe, die sie an diesem Tag trug, noch bedrohlich wirken konnte.

Ehrenberg stöhnte laut und tief. »Also gut, Sie haben gewonnen.« Er zerriss die beiden Kündigungsschreiben.

»Das heißt, Sie fliegen?«, erkundigte sich Yasmin vorsichtig.

»Ja!«, donnerte Ehrenberg und organisierte gleich weiter. »So, das heißt aber auch, dass wir jetzt alle ran müssen. Alle Termine, die noch ausstehen, müssen in den nächsten beiden Tagen erledigt werden.«

»Moment mal, Chef, ganz langsam …«

»… sonst kriechen Sie am Freitag auf dem Zahnfleisch zum Flughafen«, versuchte Gudrun, Yasmin zu unterstützen.

»Keine Termine, kein Urlaub«, erklärte Ehrenberg gelassen.

Das endlich schien zu wirken: Umgehend begaben sich seine beiden Mitarbeiterinnen wieder an ihre Arbeit.

»Übrigens«, fiel Yasmin plötzlich ein, als sie schon wieder an ihrem Schreibtisch saß, »diese Frau Gretzke hat ein großes Bekleidungsunternehmen in der City. Ich bin dort mal hingegangen und habe mich mit ihren Leuten unterhalten. Sie ist nicht sehr beliebt bei ihren Angestellten, aber das wundert uns ja nicht.«

Ehrenberg nickte nachdenklich. Aus den Augenwinkeln sah er, wie Yasmin von Gudrun etwas entgegennahm, etwas Großes, Blauweißes.

»Ich habe Ihnen was mitgebracht«, verkündete Yasmin denn auch im nächsten Moment stolz und präsentierte ihm ein sehr großes, weißes Hemd auf das blaue Palmen gedruckt waren. »Ein Hawaiihemd!« Ehrenberg bekam auf der Stelle einen heftigen Lachanfall. »Wenn Sie glauben, dass ich das anziehe, dann haben Sie ’nen Vogel«, war sein Kommentar, als er sich wieder einigermaßen in der Gewalt hatte. »Piep.« Dann fragte er ohne jede Überleitung: »Was ist eigentlich mit Frau Gretzkes ertrunkenem Ehemann?«

Während sie auf Ehrenbergs Frage antwortete, betrachtete Yasmin leicht gekränkt ihren Einkauf. »Der war beliebt.«

»Soll ich Ihnen mal was sagen? Ich glaube, die hat ihn schlecht behandelt. Sie hat ihn ganz kurz gehalten.«

Yasmin nickte eifrig. »Ja, die Leute behaupten, dass sie ihn die ganze Zeit wie einen kleinen Angestellten …« Sie unterbrach sich selbst. Aber das war ja haargenau das, was der Chef gerade gesagt hatte! »Woher wissen Sie das?«

»Schauen Sie mal hier.« Er nahm den Plastikbeutel mit der Armbanduhr in die Hand, den Frau Gretzke ihm als Beweisstück dagelassen hatte, und zeigte ihn Gudrun, die durch das Regalfach spähte, und Yasmin. »Diese Uhr hat sie ihm zum Hochzeitstag geschenkt. Das ist ein lausiges Imitat. Aber ein Wunder der Technik: Es hat drei Monate im Salzwasser gelegen. Trotzdem ist ihm keine Spur von Wasser anzumerken.«

Inzwischen war Charly in die Kanzlei gekommen. Sie trug einen großen Korb unter dem Arm und hatte einen pink-gelb-grün gestreiften Kapuzenpulli an. Ohne ein einziges Wort der Begrüßung spazierte sie an Ehrenberg und seinen beiden Mitarbeiterinnen vorbei in die Küche.

Die drei, die Charlys Weg baff verfolgt hatten, blickten sich gegenseitig ratlos an.

»Das habe ich mir jetzt eingebildet, oder?«, fragte Ehrenberg in den Raum hinein.

»Nein, ich hab's auch gesehen«, sagte Yasmin.

»Ich auch«, tönte Gudruns Stimme durch das Regalfach.

Behutsam einen Fuß vor den anderen setzend, betrat Ehrenberg kurz darauf die Küche, wo Charly schon dabei war, ihren Korb auszupacken. Frisches Gemüse und andere Lebensmittel lagen ordentlich auf dem Schrank neben dem Herd. »Sag mal, was wird denn das, wenn's fertig ist?«, wollte er wissen.

»Ich koche, siehst das nicht?«

»Fändest du es nicht besser, wenn du mich vorher fragen würdest?«

»Wenn du nicht mehr zu uns kommst, dann muss ich eben zu dir kommen.«

Ehrenberg begann zu ahnen, was der Auftritt bedeutete. »Weiß denn deine Mutter, wo du bist?«

»Ist mir egal. Mich fragt doch auch niemand was.« Während des Gesprächs hatte Charly nicht aufgehört, ihre Einkäufe auszupacken. Auch jetzt legte sie einige Tomaten auf den Küchentisch.

»Charlotte, du hast ja Recht ... Zwischen deiner Mutter und mir, da ist es im Moment ein bisschen schwierig«, versuchte Ehrenberg, dem gekränkten Mädchen die verfahrene Situation zu erklären. Und das war nicht einfach, denn so richtig verstanden Lisa und er ja auch nicht, was eigentlich zwischen ihnen los war.

»Mit Mama ist es immer schwierig«, nörgelte Charly. »Die weiß doch nie, was sie will!«

»Es ist eben manchmal auch schwer, das herauszufinden.«

»Aber ich will, dass du weiterhin zu uns kommst.« Endlich blieb Charly stehen, eine Packung Spaghetti in der Hand. »Und ich will, dass es so bleibt, wie es war.« Sie sah Ehrenberg traurig an.

»Das geht im Moment nicht.«

»Aber warum nicht? Wir sind doch Freunde.«

»Ja, wir beide sind Freunde.«

»Und Mama und du?«

Dem ansonsten so redegewandten Anwalt fehlten die Worte. In seiner Not wechselte er das Thema: »Ich fahre jetzt erst mal für zwei Wochen in Urlaub und dann sehen wir weiter.«

»Für zwei Wochen?«, rief Charlotte pikiert. »Bis dahin sind wir schon längst wieder umgezogen! Das kenne ich schon!« Sie stürmte an Ehrenberg vorbei aus der Küche, aber nicht ohne ihn im Vorbeilaufen noch einmal anzuschreien: »Dann fahr doch in deinen Urlaub!«

»Charlotte!«

Mit Schwung riss Charly die Tür auf, nur um sie gleich darauf wütend hinter sich zuzuknallen.

Gudrun und Yasmin schauten verunsichert Charly nach und dann zu ihrem Chef hin, der in den früheren Weinladen zurückgekommen und bedröppelt an der Treppe stehen geblieben war. Er fühlte sich wie ein Rabenvater.

Als Bea, die eine weiße Schürze umgebunden hatte, in die Backstube ihres Vaters kam, war Lothar eben dabei, einen Brotteig zu kneten. »Willst du mir nicht mal sagen, was los ist?«, sprach ihn das Mädchen direkt an.

»Ich weiß nicht, was du meinst«, knurrte der Bäcker ohne aufzublicken und bearbeitete weiter den hellen Teig.

Seine Starrköpfigkeit machte Bea sauer. »Wieso drehst du dich nicht wenigstens um, wenn ich mit dir rede?«

»Weil die Brote in den Ofen müssen!«, dröhnte ihr Vater, der jetzt ebenfalls sauer wurde, zurück.

»Papa, bitte.« Bea merkte, dass sie mit ihrem vorwurfsvollen Tonfall bei ihm nicht weiterkam, und fügte leiser, vertraulicher hinzu: »Habe ich irgendwas falsch gemacht?«

Zum ersten Mal drehte sich Lothar ein wenig zu seiner Tochter um, während er brummte: »Ach, quatsch doch nicht rum.«

»Wieso redest du nicht mehr mit mir?« Bea war nahe am Verzweifeln.

»Ich rede gerade mit dir«, wurde sie von ihrem Vater erinnert, obwohl er genau wusste, was sie meinte. Er konnte es ihr einfach nicht sagen, noch nicht. Allerdings hatte er auch keine Ahnung, wie lange er ihr noch Rede und Antwort stehen konnte, ohne dass sein Geheimnis aus ihm heraussprudelte. »Und vorne ist der Laden voll«, fügte er deshalb hinzu, um das Gespräch schnellstmöglich zu beenden.

Unwillig wandte sich Bea der Tür zu, die aus der Backstube in den Laden führte, blieb dann aber abrupt stehen und drehte sich wieder zu ihrem Vater um. »Ich habe letzte Woche mit Mama telefoniert«, informierte sie ihn mit sachlicher Stimme und vor der Brust verschränkten Armen.

Lothars Knetbewegungen wurden langsamer, stoppten schließlich ganz. »Und?«

»Sie hat mich gefragt, ob ich wieder zu ihr zurückkommen will.«

Immer noch blickte er starr auf den Teig. »Und, was hast du geantwortet?«

Beas sachlicher Tonfall wurde wieder brüchig. »Dir wär's doch lieber, wenn ich bei ihr wohne, oder?«, sagte sie, bemüht, die Tränen zurückzuhalten, die ihr in die Augen drängten. »Oder?«

»Musst du selbst wissen … Du bist alt genug.«

Einen Augenblick lang starrte Bea ihren Vater an. Dann riss sie sich die Schürze vom Leib und feuerte sie auf den Boden. Sie warf sich ihre Jeansjacke über und stürzte, die Augen voller Wuttränen, aus der Bäckerei.

In der Backstube ließ Lothar seine Faust frustriert auf den Brotteig niederdonnern. Was sollte er bloß tun?

Wenige Straßen weiter stießen ein auf den Boden starrendes Mädchen, das eine Jeansjacke trug, und ein ebenfalls in Gedanken versunkenes, jüngeres Mädchen, das einen pink-grün-gelb gestreiften Kapuzenpulli anhatte, auf dem Gehweg zusammen.

»Mann, pass doch auf!«, rief Bea zornig.

»Lass mich in Ruhe, du blindes Huhn!«, keifte Charly zurück.

Die Ältere musterte die Jüngere von oben bis unten. »Bist du nicht die Kleine aus dem zweiten Stock?«

»Von wegen ›Kleine‹.« Charlotte war noch so richtig in Fahrt wegen ihres Streits mit Ehrenberg. »Nur weil du ein bisschen älter bist als ich, musst du nicht gleich so angeben!«

Beas Wut verflog allmählich. »Hast du geweint, oder was?«, wollte sie wissen.

»Und du?«, fragte Charlotte, nun auch ruhiger, zurück.

Bea zögerte. »Wohin willst du denn jetzt?«, erkundigte sie sich bei Charly, da sie annahm, ihr verheultes Gesicht sei Antwort genug auf die Gegenfrage.

»Ich weiß nicht.« Auf einmal war Charly froh, Bea getroffen zu haben. »Ist mir egal, irgendwohin.«

Es war Beas Idee, einen Ort hoch über den Dächern von Hamburg aufzusuchen. Vom Dach des Bunkers aus konnte man weit über die Stadt schauen, über die unterschiedlich hohen Gebäude, die Flachdächer und die Kirchturmspitzen, die von der Sonne in orangefarbenes Licht getaucht wurden.

»Der schönste Platz der Stadt, oder?«, schwärmte Bea, während sie sich umblickte.

Charly sah die Nachbarin, die ein verträumtes, aber irgendwie auch trauriges Gesicht hatte, an. Die war ja doch nicht so eingebildet, wie sie gedacht hatte, eigentlich war sie sogar echt nett. Vorsichtig lehnte Charly sich über die Brüstung. »Guck mal nach unten«, rief sie und schielte über den Rand. »Das wirkt wie aus 'm Flugzeug!«

»Ja, Fliegen müsste man können.« Beas Gesicht bekam wieder diesen traurig-verträumten Ausdruck. »Was meinst du, wenn man hier runterspringen würde, wie viele Sekunden lang würde man fliegen?«

»Wohl eher fallen.« Charlotte bückte sich, um einen kleinen Stein vom Boden aufzunehmen. »Warte.« Sie streckte ihren Arm über die Brüstung und ließ den Stein los. »Einundzwanzig«, zählte sie laut, »zweiundzwanzig …«

Gemeinsam sahen sie dem fallenden Stein nach.

Die großen Schachfiguren auf dem schwarz-weiß gemusterten Feld im Park warfen parallele Schatten. »Springer auf C7«, empfahl Ehrenberg, während er herantrat, einem der beiden Herren, die hier unter freiem Himmel eine Partie Schach spielten.

»Danke, sehr nett«, sagte Herbert Warnke ironisch zu dem Rechtsanwalt, als sein Mitspieler loslief, seinen Springer auf C7 zog und den Gegner damit schachmatt setzte.

»Tut mir Leid«, grinste Ehrenberg, »ich habe nicht ewig Zeit.«

Der Gewinner verabschiedete sich und der Anwalt und der zweite Spieler, der Detektiv Herbert Warnke, schüttelten sich die Hände.

Während sie durch den Park zur Terrasse des Schachcafés schlenderten, erkundigte sich der Detektiv: »Was gibt's? Haben Sie einen Auftrag für mich?«

»Ich habe zwar einen Auftrag, aber nicht für Sie. Ich habe den Auftrag, Sie zu verklagen.«

»Sie haben echt Talent, einem den Tag zu vermiesen«, erwiderte der Detektiv seufzend.

Sie nahmen an einem der Tische mit eingraviertem Schachbrettmuster Platz.

»Eine Frau Gretzke hat mich mit der Wahrnehmung ihrer Interessen beauftragt«, begann Ehrenberg, seinem Gegenüber den Anlass seines Besuchs auseinander zu setzen. »Ich soll Sie auf Herausgabe des Honorars verklagen.«

»Ich fasse es nicht, diese olle Geizzicke.« Warnke schüttelte den Kopf. Er betrachtete das aus hellen und dunklen Vierecken bestehende Muster der Tischplatte, während seine Hände sich an der Sonnenbrille festzuhalten schienen, die vor ihm auf dem Tisch lag. »An dem Auftrag hab ich eh kaum was verdient, so hat die mich gedrückt.«

»Na ja, Sie haben ja auch nichts dafür getan. Jedenfalls nicht das, wofür Sie bezahlt wurden. Die Uhr ihres Ehemannes, die Sie Frau Gretzke aus der Karibik mitgebracht haben, ist ein Imitat und sie hat niemals im Meer gelegen.« Ehrenberg sah den Mann wartend an. »Sie hätten Sie ja wenigstens mal ins Wasser tauchen können«, fügte er daraufhin schmunzelnd hinzu.

»Woher soll ich wissen, dass das ein Imitat ist?« Warnke fühlte sich, als wäre er gerade zum zweiten Mal innerhalb kürzester Zeit schachmatt gesetzt worden, und das, obgleich nicht einmal Figuren zwischen ihnen auf dem Brett standen. »Die teuerste Uhr, die ich jemals hatte, hat hundertfünfzig Mark gekostet, vor Jahren.«

Ehrenbergs Schmunzeln dauerte noch einige Sekunden an, bevor er den Gesprächsfaden mit ernsterer Miene wieder aufnahm: »Hören Sie, Warnke, wir müssen nicht vor Gericht. Wenn Sie das Honorar einfach zurückgeben, dann, denke ich, kann ich Frau Gretzke davon überzeugen, dass sie keine Anzeige erstattet.«

Aber so schnell wollte sich der Detektiv diesmal nicht geschlagen geben. »Kommt nicht in Frage«, entgegnete er. »Ich habe meinen Auftrag sehr wohl erfüllt. Gut, ich war nicht in der Karibik, aber das hätte mir auch kein Mensch bezahlt. Okay, Sie haben mich erwischt, die Uhr hat nicht im Meer gelegen. Aber sie hat Frau Gretzkes Mann gehört, stimmt's? Was kann ich dafür, dass es keine Leiche gibt. Vielleicht haben ihn die Haie gefressen.«

»Ja, und anschließend die Uhr ausgespuckt!«, spottete Ehrenberg. »Frau Gretzke hat alle Sachen wiederbekommen, die ihrem Mann gehörten, bis auf seine Kleidung. Wo ist die denn geblieben? Die muss doch irgendwo am Strand gelegen haben oder in einem Boot. Und die Uhr, wo haben Sie die her?«

Da ihm die Antworten nicht eben leicht fielen, beschloss der Detektiv, erst einmal eine Runde auszusetzen. Seine Finger spielten nun sichtlich nervös mit seiner Sonnenbrille.

»Er lebt noch, habe ich Recht?«

Warnkes Schweigen kam einer Antwort gleich.

»Aber Ihr Honorar, das haben Sie genommen?«

»Das habe ich mir auch verdient.« Die Antworten des Detektivs waren nun wieder engagierter. »Ich habe ihn ja gefunden, nur dass er nicht tot war.«

»Und was haben Sie dann gemacht, ihn erpresst?«

»Ich bitte Sie, Sie kennen mich lange genug, um zu wissen, dass ich so was nicht tue. Die alte Hexe hat den armen Kerl fertig gemacht.«

»Was hat er Ihnen dafür bezahlt?« Ehrenberg sah Warnke durchdringend an.

»Bezahlt? Wofür?«

»Dass sie ihn nicht verpfiffen haben.«

»Keinen Cent. Er hat mir Leid getan.«

»Das möchte ich gerne von ihm selber hören. Also, wo steckt er?«

»Tut mir Leid, das kann ich nicht machen. Ich hab's ihm versprochen.«

»Warnke …«, begann Ehrenberg erneut, während der Angesprochene sich unter seinem Blick wand, »wenn Sie ihn so schnell gefunden haben, braucht die Polizei drei Tage nach Erstatten der Anzeige. Und dann sind Sie dran, wegen gemeinschaftlichen Betrugs.«

»Das ist kein Betrug. Ich habe ihn ja gefunden«, wandte Warnke nochmals schwach ein. »Ich habe nur meinen Job gemacht und er hat mir die Uhr gebracht …«

»… nach der Sie getaucht haben«, fügte Ehrenberg, ihn aufziehend, hinzu, »das haben Sie zumindest seiner Frau erzählt, nicht?« Noch einmal appellierte er an den gewieften Detektiv, in einem milderen, aber nach wie vor unerbittlichen Tonfall: »Sie verlieren Ihre Lizenz. Also, wie lautet Gretzkes Adresse?«

Die Schneiderei befand sich in einem schönen Altbau, der genau an einer Straßenecke gelegen war. *Herr von Eden* stand in romantisch geschwungenen Lettern auf dem Schild über der Ladentür.

Drinnen wurde gerade ein Geschäft abgewickelt.

»Sie können ihn ja gerne mal probieren. Er ist vielleicht einen Tick zu groß. Aber kleiner machen ist nicht das Problem.« Der zuvorkommende blonde Mann, der eine karierte Tweed-Weste und eine dazu passende Hose trug, drückte Ehrenberg einen Bügel in die Hand, über dem ein weißer Leinenanzug hing.

»Dass mir ein Anzug zu groß ist, das kommt eher selten vor.« Ehrenberg eilte vor einen der großen Spiegel und hielt sich den Anzug vor den Bauch. »Ich fahre übermorgen in Urlaub. Könnten Sie mir den Anzug bis morgen ändern, Herr Gretzke?«

»Selbstverständlich. Morgen nach…« Mitten im Satz verstummte der Schneider. Alle Farbe wich aus seinem Gesicht. Er konnte nicht glauben, wie ihn der Kunde genannt hatte.

Sorgsam legte Ehrenberg den Anzug über die Lehne einer Bank, die neben dem Eingang stand. »Ihre Frau hat mich beauftragt, den Detektiv zu verklagen, der Ihre sterblichen Überreste in der Karibik gesucht hat«, erklärte er dem lange Vermissten.

Dieser sah ihn flehend an. »Bitte, verraten Sie mich nicht.«

»Nein, ich würd's nur gern begreifen.«

Seufzend setzte sich Herr Gretzke auf einen Stuhl. »Wir waren einfach am Ende mit unserer Ehe. Es ging nicht mehr. Je mehr ich versucht habe, es meiner Frau recht zu machen, um so mehr hat sie mich verachtet. Sie hatte keinen Respekt mehr vor mir«, erzählte er müde die Geschichte seiner Ehe. »Aber wie sollte sie auch? Ich habe einfach nichts mehr auf die Reihe gekriegt. Sie war immer schneller, besser. Ich wusste irgendwann nicht einmal mehr, wie ich sie anfassen sollte. Ich konnte sie nicht einmal mehr in den Arm nehmen, ohne das Gefühl zu haben, etwas falsch zu machen. Verstehen Sie das?«

Ehrenberg hörte ihm aufmerksam zu.

»Es war wie eine Spirale nach unten und wir kamen da nicht mehr raus. Ja, und dann habe ich meinen alten Schulfreund Leo getroffen. Der hat diese Tauchschule in der Karibik und hat mich eingeladen. Er meinte, ich bräuchte Abstand.«

Unfreiwillig ließ Ehrenberg einen leisen Lacher vernehmen. Dies kam ihm irgendwie bekannt vor.

»Es ging mir besser, je länger ich weg war«, fuhr Gretzke fort zu berichten, »weg von ihr, von allem. Am Anfang war das nur so ein Witz, ein Spaß, wie es wohl wäre, einfach zu verschwinden. Und dann habe ich das durchgezogen. Vorgetäuschter Unfall, Vermisstenanzeige, neue Papiere, neue Identität.«

»Aber es wäre doch viel einfacher gewesen, sich scheiden zu lassen«, wandte Ehrenberg ein.

»Sie kennen doch meine Frau. Außerdem, ich wollte mich gar nicht scheiden lassen. Ich hätte das niemals fertig gebracht.«

»Na, immerhin haben Sie es fertig gebracht, Ihrer Frau vorzuspielen, dass Sie tot sind.«

»Das ist was anderes. Das ist Schicksal.«

Ehrenberg ließ diese höchst eigene Sicht der Dinge unkommentiert. »Und wieso sind Sie dann zurück nach Hamburg gekommen?«

»Ach, diese ewige Sonne und diese Wärme … Ich habe das Hamburger ›Schietwetter‹ vermisst.« Der sympathische Schneider musste nun selbst ein wenig lachen. »Ja, und dann habe ich mir diesen kleinen Laden hier aufgebaut. Wissen Sie«, er stand auf und wirkte nun nicht mehr ganz so niedergeschlagen, »es ist das erste Mal in meinem Leben, dass ich richtig was geschafft habe.«

»Aber Sie können doch jederzeit Bekannten oder sogar Ihrer Frau begegnen.«

»Manchmal wünsche ich mir das sogar. Ich habe meine Frau hin und wieder schon mal heimlich beobachtet. Aber ich passe schon auf. Und Sie verraten mich nicht, oder?«

»Nein, das ist allein Ihre Sache.« Ehrenberg betrachtete noch einmal die modischen, gut genähten Anzüge, die auf langen Stangen hingen, und die geschmackvolle Einrichtung des Ladens, bevor er wieder Frau Gretzkes sehr lebendigen Ehemann ansah: »Nur, was sage ich jetzt Ihrer Frau?«

Herr Gretzke hob hilflos die Schultern.

Ebenso wenig wusste Ehrenberg, was er Bea erzählen sollte.

»Und, haben Sie mit meinem Vater gesprochen?« Angespannt saß sie ihm an seinem Schreibtisch gegenüber.

»Ja.« Tröstende Worte für Bea zu finden, ohne Lothars prekäre Situation anzusprechen, war eine diplomatische Herausforderung. »Es geht ihm tatsächlich nicht sehr gut. Aber du kannst nichts dafür und du kannst es auch nicht ändern.«

»Ja, aber …«

»Ich kann dir nur raten, lass ihm etwas Zeit, damit er mit sich selber ins Reine kommt. Und zeig ihm in der Zwischenzeit, dass du ihn lieb hast. Vielleicht erledigt sich die ganze Sache ja von selbst.«

Von seinem Körbchen aus beobachtete Buddy mit kritischer Hundemiene den Gesprächsverlauf, indem er von einem zum anderen blickte, je nachdem, wer gerade das Wort ergriff.

Bea hatte sich auf dem Stuhl zurückgelehnt und war unzufrieden mit sich, mit allen anderen und der ganzen Welt. »Das war alles?«

»Ja.«

Da sprang das Mädchen auf. »Sie sind ja auch nicht besser als mein Vater«, rief sie und stürmte aus dem früheren Weinladen.

Ehrenberg stöhnte auf. »Was für ein Durcheinander. Wie soll man denn da in Urlaub fahren? Wie soll man sich erholen, wenn hier der Baum brennt?« Er hatte die Fragen einfach nur in den Raum gestellt, sah dann aber Buddy an, der sich unter dem Geschimpfe seines Herrchens in seinem Körbchen zusammengerollt hatte. Mit seinen großen, dunklen Hundeaugen erwiderte er beinahe vorwurfsvoll Herrchens Blick. »Entschuldige, Buddy.«

Schwanzwedelnd hopste der Hund von seinem Lager und machte vor Ehrenbergs Füßen Platz.

»Hund müsste man sein«, seufzte Ehrenberg zu ihm hinunter. »Wir Menschen sind schon 'ne komische Sorte«, erzählte er Buddy, der mit gespitzten Ohren zu ihm hinaufblickte. »Wir streiten uns, wir trennen uns, wir lassen uns scheiden ... Wir machen Eheverträge ... Lassen uns für tot erklären ... Machen Gentests ...«

Der Hund streckte eine Pfote nach seinem Herrchen aus, als wollte er sagen: ›Ist es wirklich so schlimm?‹

»... anstatt uns einfach gegenseitig hinter den Ohren zu kraulen«, redete Ehrenberg nach kurzem Nachdenken weiter und kraulte Buddy hinter dem Ohr. »Na ja, gegenseitig ...« Er begann, sich selbst hinter dem Ohr zu kraulen, er konnte ja schlecht den Hund darum bitten. Plötzlich wurde ihm klar, wie seltsam er sich gerade benahm. »Ich glaube, ich bin tatsächlich reif für die Insel«, murmelte er in den Raum hinein.

Ehrenberg war auf dem Weg zu seiner »Frau«. Manchmal nannte er Christina im Gespräch immer noch so, obwohl sie mittlerweile geschieden waren. »Ex-Frau«, hatte Martin Brüggmann ihn dann auch prompt pikiert korrigiert, als sie sich zufällig in der Nähe der Kanzlei Brüggmann-Ehrenberg begegnet waren und eine unterkühlte Unterhaltung begonnen hatten. Außerdem hatte Christinas Geschäftspartner mit der Information aufgewartet, dass er nicht länger ihr Sozius war. Er hatte sich sichtlich wohl dabei gefühlt, Ehrenberg endlich einmal so richtig Kontra geben zu können.

Tatsächlich verschlug die Neuigkeit Ehrenberg die Sprache: Christina hatte Brüggmann die Kanzlei mitsamt den Mandanten verkauft, weil sie keine Lust mehr auf ihren Job hatte? So weit jedenfalls Brüggmanns Bericht ... Er konnte es schlichtweg nicht glauben, dass sie ihre Arbeit an den Nagel gehängt hatte.

Ehrenberg fand Christina im Garten ihres Anwesens. »Was ist denn daran so schwer zu verstehen?«, sagte sie zu ihrem Ex-Mann, der am Gartentisch einen Kaffee trank, während sie selbst mit den Armen in einem Blumenkübel voller Erde steckte. »Ich hatte einfach keine Lust mehr. Ich habe in den letzten Jahren unheimlich viel Geld gescheffelt und nie Zeit gehabt, es auszugeben. Außerdem wollte ich zur Abwechslung mal etwas wirklich Vernünftiges tun.«

»Was, Blümchen einpflanzen?« Er konnte sie sich in keinem anderen Beruf vorstellen, außer in schwarzer Robe vor Gericht.

»Du hast doch wohl kaum hinter mir hertelefoniert, um mit mir über meine Zukunft zu sprechen«, blaffte Christina zurück.

»Das stimmt. Ich wollte dich bitten, dich aus meinem Privatleben rauszuhalten.«

Christina blickte von dem Blumenkübel auf. »Wenn du das Gespräch mit Lisa meinst, das war Zufall.«

Ehrenberg glaubte nicht an Zufälle, wenn es um Christina ging. »Das kam dir aber sehr gelegen.«

»Ich bin neugierig, zugegeben. Es hat mich interessiert, mit wem du jetzt zusammenlebst und vor allem natürlich, wie. Man fragt sich ja schon: Warum geht das jetzt mit ihr, was ist da anders?«

»Ich fliege übrigens morgen für zwei Wochen nach Mallorca.«

Völlig verblüfft sah Christina von ihren Blumen auf. »Du fährst in Urlaub?«, fragte sie, das ›Du‹ übermäßig betonend.

»Ja.« Ehrenberg zuckte mit den Schultern. »Irgendwie wollen mich plötzlich alle loswerden. Kannst du Buddy nehmen?«

»Kann ich.« Christina musterte ihn noch eine Weile, bevor sie leise und überraschend verständnisvoll hinzusetzte: »Es tut weh, verlassen zu werden, nicht?«

»Ja.« Ehrenberg glaubte, so etwas wie ehrliche Anteilnahme in ihren Augen zu entdecken.

»Es dauert eine Weile, bis man akzeptieren kann, dass einen der andere nicht mehr will.« Sie stand auf, ging zum Gartentisch und ließ sich auf einem Stuhl gegenüber von Ehrenberg nieder. »Das ist das Schwierigste. Na ja, noch schwieriger ist vielleicht, nicht so verletzt zu sein, dass man alles Gute, was man hatte, nicht mehr sehen kann. Aber nach einer Weile fällt einem dann das eine oder andere doch wieder ein.« Sie grinste schief, aber nicht unfreundlich. »Genieß deinen Urlaub, freu dich auf Mallorca. Es ist schön da. Es tut gut, wenn man sich mal ganz auf sich selbst besinnt. So eine Trennung setzt auch was frei, du wirst sehen, da kommt man auf ganz neue Ideen.«

»Ja, die Kanzlei verkaufen und Gärtner werden.«

»Das könntest du genauso wenig wie ich.«

Ehrenberg lächelte versonnen. »Was hast du vor? Denn bei der Floristik wirst du ja nicht bleiben ...«

Christina versuchte, ihm auf die Sprünge zu helfen: »Vielleicht erinnerst du dich, was ich getan habe, bevor ich damals mit dir zusammen die Kanzlei eröffnet habe?« Die Kanzlei, die später in das Partnerunternehmen ›Ehrenberg-

Brüggmann‹ übergegangen war, als Ehrenberg nicht nur sie, sondern auch die Kanzlei verlassen hatte.

»Ja …« Er überlegte, bis er etwas sagte, was ihn selbst überraschte: »Du hast mich geliebt.« Er beeilte sich hinzuzufügen: »Und du warst bei der Staatsanwaltschaft.«

Christina überhörte seine erste Antwort großzügig. »Ja, und genau da werde ich wieder hingehen.«

»Was? Du als Beamtenanwärterin in deinem Alter, mit dem Gehalt?«

»Du vergisst meine Kontakte.« Christina war fest entschlossen, sich von ihrem Ex-Mann nicht beleidigen zu lassen. »Ich bin Oberstaatsanwältin, bevor du dreimal das Wort ›Wiederaufnahmeverfahren‹ gesagt hast.«

»Warum? Und erzähl mir nicht, dass du plötzlich deinen Sinn fürs Gemeinwesen entdeckt hast«, zog Ehrenberg sie auf.

Sie lehnte sich vor und einen Moment war nicht klar, ob sie sich aufregen oder auf einen sarkastischen Kommentar ausweichen würde. »Ganz ehrlich?«, sagte sie schließlich. »Ich habe es deinetwegen getan.«

Fragend sah Ehrenberg sie an.

»Ich kann es gar nicht erwarten, dich unangespitzt in den Boden zu rammen«, erklärte Christina ihm daraufhin süffisant.

Sie mussten beide lachen. Ihre Streitereien schienen sie nach wie vor auf seltsame Weise zu verbinden.

Der weiße Leinenanzug wirkte perfekt, nicht nur ›wie‹ maßgeschneidert, sondern er war es tatsächlich – ein ernsthafter Konkurrent für Yasmins Hawaiihemd.

Als Ehrenberg noch wohlgefällig den neuen Anzug betrachtete, spazierte Frau Gretzke überaus pünktlich in den Laden. Ihr Mann hatte sich zuvor im Hinterzimmer versteckt.

»Ich habe Sie kommen lassen«, begrüßte der Anwalt seine Mandantin, »weil ich Sie fragen wollte, wie Sie diesen Anzug finden.« Er hielt ihr das weiße Jackett hin, damit sie es begutachtete.

»Wegen des Anzugs muss ich durch die ganze Stadt? Das ist ja ein Ding. Sie trauen sich aber was.« Die Unternehmerin zupfte an dem Stoff herum. »Sagen Sie mir lieber, ob ich mein Geld von diesem Detektiv zurückkriege.«

»Sechshundert Euro.«

Für einen Augenblick vergaß sie den Anzug und sah ihren Anwalt entgeistert an. »Dieser Halsabschneider! Der kriegt 'ne Anzeige. Zehntausend will ich oder ich bringe ihn ins Gefängnis!«

»Ich meine diesen Anzug«, beruhigte Ehrenberg die temperamentvolle Frau, die ein schickes schwarzes Kostüm trug und wie immer sehr elegant aussah.

»Mehr nicht?« Sie untersuchte die Jacke eingehend von innen wie von außen. »Guter Stoff, sehr schön verarbeitet. Passt der?«

Ihr Anwalt nickte.

»Dann nehmen Sie den. Das ist ein Schnäppchen.«

»Herr von Eden?« Ehrenberg trug den Anzug durch den Laden bis zu dem Hinterzimmer und öffnete die Tür einen Spalt breit. Verschwörerisch blinzelnd reichte er den Anzug dem Schneider. »Ich nehme ihn. Packen Sie ihn mir doch bitte ein.«

»So«, wandte sich der Anwalt dann wieder Frau Gretzke zu, »hier sind zehntausend Euro, auf Heller und Pfennig, genauso wie Sie es verlangt haben!« Er drückte ihr einen Umschlag in die Hand.

Frau Gretzke war völlig verblüfft, weil auf einmal alles so unkompliziert über die Bühne ging. Benommen starrte sie den Umschlag mit dem Geld an.

»Herr Warnke hat alles zugegeben. Er ist nicht in die Karibik geflogen, um Ihren Mann zu suchen, weil ihm etwas dazwischengekommen ist. Wo er allerdings die Uhr her hat, das hat er mir nicht gesagt.« Der Anwalt überreichte Frau Gretzke nun auch den Beutel, der die Armbanduhr enthielt. »Aber das ist ja nicht so wichtig. Hauptsache, Sie haben Ihre zehntausend Euro wieder, richtig?« Er wartete ab, welchen Eindruck seine Worte bei der Dame hinterließen, bevor er noch einmal nachbohrte: »Habe ich Recht?«

Und tatsächlich geschah genau das, was er vermutet hatte: Jetzt, da das Geld und die Uhr wieder in ihren Besitz übergegangen waren, fühlte sich seine Mandantin seltsam leer und traurig. Ratlos betrachtete sie die Gegenstände in ihren Händen. »Ich weiß nicht, was ich mir davon versprochen habe«, sagte sie dann, weniger schnell und streng, als sie sonst zu sprechen pflegte. Sie setzte sich auf den Stuhl, auf den sich Herr Gretzke bei seinem ersten Gespräch mit dem Anwalt niedergelassen hatte. »Aber ich dachte, ich finde etwas bei der Suche nach meinem Mann heraus, irgendwas. Wissen Sie, man merkt erst, wie sehr man jemanden vermisst, wenn er weg ist.«

Nur schade, dass derjenige dafür weggehen muss, dachte Ehrenberg.

»Wissen Sie, wie oft ich nachts wach liege und mit meinem Mann rede? Ich habe ihn nicht besonders gut behandelt«, gab seine Klientin reumütig zu. »Ich weiß auch, wie die Leute über uns getratscht haben: dass ich ihn klein gehalten, nicht respektiert hätte.« Sie sah auf, suchte im Gesicht ihres Anwalts nach Verständnis. »Aber wie auch? Er hat mich immer mit diesem ›Ich-mach-alles-falsch‹- Blick angeguckt, anstatt mich einfach mal in den Arm zu nehmen, so wie früher. Aber ich konnte es ja umgekehrt auch nicht.«

Und dann geschah etwas, das Ehrenberg dann doch nicht erwartet hatte: Die sonst so toughe Geschäftsfrau begann zu weinen.

»Wenn wir es besser miteinander hingekriegt hätten, dann würde ich mir jetzt nicht solche Vorwürfe machen«, brachte sie unter Tränen hervor. »Und dann wäre er wahrscheinlich auch nicht in die Karibik geflogen.« Sie riss sich wieder zusammen und erhob sich. »Was bekommen Sie von mir, Herr Dr. Ehrenberg?«, erkundigte sie sich.

»Finanzieren Sie mir einfach den Anzug«, schlug der Anwalt zwinkernd vor.

Mit einem Lächeln willigte sie ein.

In diesem Moment trat Herr Gretzke zu ihnen und übergab den sorgfältig verpackten Anzug dem Anwalt.

Ehrenbergs Mandantin starrte den Schneider nur fassungslos an. Langsam ließ sie sich wieder auf den Stuhl sinken.

»Frau Gretzke, darf ich Ihnen meinen Schneider vorstellen, Herrn von Eden? Herr von Eden, das ist Frau Gretzke.« Damit ließ Ehrenberg die beiden einfach stehen und ging. »Ich muss los, ich muss ja noch packen. Wiedersehen!«

Herr Gretzke lächelte seine Frau warm an. »Darf ich Ihnen ein Glas Wasser anbieten?«

Sie schüttelte den Kopf und musterte ihn unentwegt. Noch immer konnte sie nicht glauben, dass tatsächlich ihr Mann vor ihr stand.

»Das macht dann sechshundert Euro, Frau Gretzke.«

Mit einem Mal lachte und weinte sie zugleich, während ihre Hand unsicher über die Stuhllehne tastete. Er nahm ihre Hand in die seine und drückte sie liebvoll.

Als Ehrenberg in den früheren Weinladen zurückkehrte, war es bereits Abend geworden. Er überraschte Yasmin dabei, wie sie seine Koffer packte. Nachdem er durchgesetzt hatte, dass die Flossen und der Schnorchel zu Hause blieben, hörten sie, wie im Eingangsbereich der Kanzlei die Ladentür aufging.

Luigi, der Besitzer des italienischen Restaurants, war hereingekommen. »Dottore!«, rief er erleichtert und verzweifelt zugleich. »Die Leute von der Gewerbeaufsicht sind im Restaurant gewesen und haben meinen Fettabschneider beanstandet.«

»Dann müssen Sie sich einen neuen kaufen«, lautete der Ratschlag des Anwalts.

»Ein neuer kostet Geld«, gab der Italiener mit einem leidenden Blick zu bedenken.

»Tut mir Leid, Luigi, gegen die Leute von der Gewerbeaufsicht kann man nicht klagen.«

Als Luigi wieder gegangen war, murmelte Ehrenberg verdrossen vor sich hin: »Fettabschneider ... Vielleicht sollte ich mir auch mal so einen zulegen.«

Da klopfte es an der Tür, die zum Treppenhaus führte.

Ehrenberg ging hin und öffnete. »Lothar!«, sagte er überrascht.

»Ich hab's getan. Ich habe den Test machen lassen«, begann sein Nachbar ohne Umschweife zu erzählen.

Besorgt sah Yasmin ihren Chef im Treppenhaus verschwinden. Der hatte ja noch ganz schön viel zu tun, so kurz vor seinem Urlaub ...

»Ich habe Haare aus ihrer Bürste genommen und einen DNA-Test machen lassen«, redete Lothar draußen weiter.

»Und?«

»Bea ist nicht von mir. Sie ist nicht meine Tochter, noch nie gewesen.« Lothars Stimme zitterte. »Was soll ich jetzt nur tun?«

»Du musst gar nichts tun«, entgegnete Ehrenberg entschieden. »Dass Bea nicht deine Tochter ist, das ist der größte Blödsinn, den ich je gehört habe. Willst du etwa, dass ich dich bedaure? Du hast die wundervollste Tochter, die es gibt, und sie liebt dich über alles. Also: Ist sie jetzt ein anderer Mensch geworden, oder was? Durch diesen blöden Test bist höchstens du ein anderer Mensch geworden. Aber ich hoffe nicht für lange Zeit!«

»Ich weiß nicht ... All die Jahre«, stammelte Lothar mit bebenden Lippen. »Sie ist nicht mein Kind. Ich habe überhaupt kein Kind!«

»Lothar, Vater wird man nicht durch eine Nacht. Eine Vaterschaft muss man sich verdienen. Du gehst jetzt nach oben, nimmst deine Tochter in den Arm und sagst ihr, dass du sie liebst, und zwar so, dass sie dir glauben kann! Und vergiss all das andere.«

Lothar nickte. Er konnte es ja zumindest probieren.

Doch wer nicht vergessen konnte, über was da eben gesprochen worden war, war Bea. Sie hatte ein Stockwerk höher auf der Treppe gesessen und das ganze Gespräch belauscht. Nun hörte sie die Schritte ihres Vaters, der die Stufen hinaufkam. Sie sprang schnell auf.

Als er wenig später leise die Tür zu ihrem Zimmer öffnete, um nach ihr zu sehen, stellte sie sich schlafend.

Am nächsten Morgen herrschte in der Kanzlei ein kunterbuntes Durcheinander. Yasmin, Gudrun und Charly, begleitet von Buddy, huschten aufgeregt um das Gepäck herum und trafen noch letzte Vorbereitungen. Am Vorabend hatte Ehrenberg noch an Lisas Wohnungstür geklingelt, um sich zu verabschieden. »Ich würde mich sehr freuen, wenn ihr noch da seid, wenn ich zurückkomme«, hatte er ihr ans Herz gelegt. Daraufhin hatte sie gerührt und verlegen genickt.

»Bringst du mir was mit?« Auf einmal war Charly im Schlafanzug im Türrahmen erschienen.

»Was denn?«

»Du findest schon was.«

»Mach ich.« Er hatte die beiden innig umarmt. Ohne ein weiteres Wort hatte er sich danach in seine Wohnung zurückgezogen, um für den Abreisetag wenigstens einigermaßen ausgeschlafen zu sein.

Nun stand Ehrenberg im Mantel vor der Tür und wartete auf sein Taxi. Am Eingang über seinem Kopf hing noch immer die große blaue Traube, die verriet, dass hier einst eine Weinhandlung gewesen war. Plötzlich kam Luigi die Straße entlang geeilt.

»Luigi, gibt's Probleme?«, rief Ehrenberg ihm hilfsbereit entgegen.

Bevor der Italiener antworten konnte, streckte Yasmin ihren Kopf zur Ladentür hinaus und sagte: »Also wenn das so sein sollte, dann wollen wir das gar nicht wissen, denn es belastet uns und verdirbt uns die Vorfreude auf den Urlaub.«

»Was für eine Vorfreude, bei der Hektik?«, kommentierte der genervte Anwalt ihren Einwurf.

Aber Luigi hatte diesmal keine Probleme mitgebracht, sondern mehrere Brotdosen voller Köstlichkeiten der italienischen Küche, die er dem verdutzten Ehrenberg in die Arme drückte: Parmaschinken mit Melone, Gänsewürstchen auf Rucola und Pasta mit Ricotta als Reiseproviant.

Als Nächstes spazierte Christina auf Ehrenberg zu. In der Hand hielt sie einen großen getigerten Regenschirm.

»Was machst du denn hier?«, begrüßte ihr Ex-Mann sie gereizt.

»Ich wollte mich nur verabschieden ...«

»Eine großartige Idee.«

»... und den Hund abholen«, sie überhörte seinen Sarkasmus, »hast du das vergessen? Wo ist er überhaupt?«

Im selben Moment kam Buddy aus der Tür gerast.

»Da ist er doch!«, stöhnte Ehrenberg entnervt, während seine Ex-Frau, Buddys Namen rufend, sofort die Verfolgung aufnahm.

Nun erst bemerkte Ehrenberg Lothar, der nebenan aus der Haustür auf die Straße getreten war. Er hatte einen Zettel in der Hand und blickte verwirrt um sich. Die Verzweiflung stand ihm ins Gesicht geschrieben.

»Lothar! He, was ist los?«

Rasch trat der Bäcker zu ihm und reichte ihm den Zettel.

Ehrenberg überflog die wenigen Zeilen. Dann sah er erschrocken von dem Stück Papier auf. »Das ist ja ein Abschiedsbrief!«

Yasmin, Gudrun und Charly hatten nun ebenfalls das Zusammentreffen draußen auf dem Gehweg bemerkt und postierten sich hinter Ehrenberg in der geöffneten Tür.

»Bea muss uns im Treppenhaus gehört haben«, vermutete Lothar. »Ich hatte einen getrunken und bin gerade erst aufgewacht. Ich wollte mit ihr reden und dann habe ich das gefunden.« Er deutete mit zitternder Hand auf das Blatt Papier.

Ehrenberg überlegte. »Ist Bea vielleicht bei ihrer Mutter?«

Aber der Nachbar schüttelte den Kopf. »Da habe ich schon angerufen.«

»Yasmin, rufen Sie die Polizei an. Bea ist verschwunden!« Sie mussten etwas unternehmen, und zwar sofort! Ehrenberg wandte sich wieder an Lothar: »Hat sie denn irgendeinen Lieblingsplatz?«

»Wir waren mal zusammen auf dem Bunker«, fiel Charlotte da ein.

»Na, dann nichts wie hin!« Ehrenberg preschte voran zu dem Taxi, das eben vor der Kanzlei vorgefahren war und das ihn eigentlich zum Flughafen bringen sollte.

Der verängstigte Vater rannte ihm nach und stieg ebenfalls in den Wagen.

»Das Gepäck! Die Tickets!«, rief Gudrun noch hinter ihnen her.

Doch da war das Taxi bereits losgefahren.

»Hauen Sie ab!«, schrie Bea, als die beiden Männer atemlos das Dach des Bunkers erreicht hatten. Sie stand auf der Brüstung, die Arme ausgebreitet, bereit zum Fliegen.

»Das könnte dir so passen! Das hätte ich nicht von dir erwartet«, brüllte Ehrenberg gegen den Wind an, der über das Dach fegte und an ihren Jacken zerrte. »Selbstmord ist was für Feiglinge. Leute, die was im Kopf haben, die lösen ihre Probleme. Die hauen nicht einfach ab!«

Hinter ihm hatte Beas Vater entsetzt die Hände vor das Gesicht geschlagen.

»Dass dein Vater das nicht schafft, das muss dich nicht wundern. Der säuft ja lieber, anstatt mit dir zu sprechen.«

»Hören Sie auf, so über ihn zu reden!«, schrie das Mädchen gegen den Wind an, während ihr panischer Blick zwischen der Straße weit unten und der Brüstung hin und her wanderte.

»Wieso kannst du der Wahrheit nicht ins Gesicht sehen?« Ehrenberg sprach jetzt direkt Lothar an, der wie ein geprügelter Hund mit Tränen in den Augen neben ihm stand. »Du hast die Chance gehabt, mit deiner Tochter zu reden. Stattdessen hast du dich lieber besoffen.«

Bea drehte sich jetzt zum ersten Mal ganz zu ihnen herum. »Hören Sie auf, so mit meinem Vater zu reden!«, schluchzte sie.

»Er ist nicht dein Vater, hast du das schon vergessen? Er ist einfach nur ein armer Säufer, mit dem du absolut nichts zu tun hast. Da kannst du wirklich froh drüber sein.«

»Hören Sie auf damit!« Bea machte einen Satz auf das rettende Dach zurück und begann, mit ihren Fäusten auf die breite Brust des Anwalts einzuhämmern.

Erleichtert schloss Ehrenberg die Arme um das weinende Mädchen. »Jetzt schau ihn dir doch mal an. Bea, schau ihn doch einfach mal an.« Langsam schob er sie von sich weg und zu ihrem Vater.

Hemmungslos weinend fielen sich Vater und Tochter in die Arme.

»Ich glaube, den Rest schafft ihr alleine«, sagte Ehrenberg und spurtete zu dem Taxi, das unten vor dem Bunker wartete. »So, jetzt schnell zurück zur Kanzlei und die Koffer einladen. In einer Stunde geht mein Flug nach Mallorca.«

Aus den Lautsprechern ertönte entspannte Reggae-Musik. Ehrenberg kuschelte sich – in seinen neuen, weißen Leinenanzug gekleidet – in den Liegestuhl und genoss die Ruhe. Sand breitete sich unter ihm aus.

»Das ist doch total lächerlich«, wagte Gudrun aus dem Liegestuhl neben ihm zu bemerken. Sie trug ein flottes Bikinioberteil und einen Bastrock über ihrer Hose, dazu einen Kranz aus geflochtenen Blumen auf dem Kopf.

»Ich find's herrlich«, seufzte ihr Chef und schloss wieder die Augen.

»Sie hätten den Flieger kriegen können, da bin ich mir sicher«, tönte es jetzt aus dem Liegestuhl auf seiner anderen Seite. Yasmin richtete sich auf und stellte ihre Füße auf den Sand. Auch sie hatte eine Blume im offenen Haar stecken und trug einen Minirock und ein sommerliches Oberteil.

»Zwei überfahrene rote Ampeln, zweimal geblitzt, mehr war nicht drin. Sonst hätte selbst ein so hervorragender Rechtsanwalt wie ich dem armen Taxifahrer nicht mehr helfen können.«

»Unverbesserlich«, befand Gudrun, ohne die Augen zu öffnen.

Yasmin hatte ihre Sonnenbrille aufgesetzt und sich wieder in ihrem Liegestuhl zurückgelehnt. »Du sagst es.«

Ehrenbergs Handy klingelte. »Kanzlei Ehrenberg. Was kann ich für Sie tun?«, fragte er in das mobile Telefon, als ihn ein Wasserball traf.

Charly und Bea tollten in der vorübergehend zum Urlaubsparadies umgestalteten Kanzlei herum, zwischen aufblasbaren Gummitieren und Aktenregalen, vor die Strandbilder in Tapetenformat gespannt waren, und Schreibtischen, auf denen Cocktailgläser standen. Ehrenberg sollte sich endlich einmal so richtig erholen – wenn nicht auf Mallorca, dann eben in Hamburg!